新津きよみ

夫以外

実業之日本社

実業之日本社文庫

目次

夢の中

1

なぜ、みんな、一つのことに熱中できるのだろう。どこで、どんなきっかけで、夢中になれるものを見つけるのだろう。

ずっと不思議でならなかった。熱中できるものがある人が、ずっとうらやましくてならなかった。

子供のころは、シール集めに夢中になったり、一つのキャラクターにのめりこんだりする友達を冷ややかな目で見ていた。

大人になってからは、「鉄ちゃん」と呼ばれる人たちが電車を撮影するために駅に押し寄せたり、アイドルオタクたちが秋葉原に詰めかけたりするのを見て、何であんな電車ごときやアイドルごときに熱狂的になれるのだろう、と首をかしげたものだ。

それでも、いつか、わたしにも寝食忘れるほど夢中になれるものができるだろう、と思っていた。いつか、「何かにハマる」という感覚を理解できる日がくるだろう、と。

しかし、夢中になれるものも、熱中できるものは見つからず、「何かにハマる」という感覚を理解できないままの日々が続いた。

夢中になれるもの、熱中できるものを見つける努力は、小さいころから普通にしてきたつもりだ。女の子らしくおままごともすれば、お絵描きもした。絵本を読んだり、縄跳びをしたり、公園で友達とブランコに乗ったり、鉄棒やシーソーで遊んだりして、それなりに楽しんだ。だが、遊ぶのに没頭するあまり、時間を忘れ、「そろそろ帰りなさい」と家族が呼びに来るようなことは一度もなかった。あたりが暗くなるまで外遊びをしていて、いつも家族に心配をかけたり、友達の家に遊びに行って、「帰りたくない」と駄々をこねたりする者もいたから、わたしは大人にとっては扱いやすい聞きわけのよい子だったのかもしれない。

何をやっても長続きしない、飽きっぽい性格というわけではない。ピアノ教室にも、習字教室にも通った。ピアノは中学校で部活が忙しくなるまで同じ先生について習ったし、習字も書道展に出すための代表にクラスで選ばれるまでに上達した。中学校では吹奏楽部に入り、フルートを担当し、高校では美術部に入って油絵を描いた。吹奏楽コンクールに出るための練習は一生懸命やったし、美術展に出品する作品を制作するために夏休みも学校に通った。しかし、「中学校ではじめて触れた楽器に魅せられて、高校でも吹奏楽部に入り、結局、音大に進むことにした」とか、「油絵熱が高じて、美大への進学を決意した」と話す友達の傍らで、そのときどきに打ち込んだものを大人になっても続けようという気には決してならなかったわたしだった。つまり、一生の仕事にしたいと思うものも見つからなければ、生涯を通じての趣味も見つからないのだ。

夢中になれるものが見つけられないからといって、生活に支障をきたすわけではない。

――「夢中」とは「夢の中」と書く。何かに熱中しているあいだは夢の中にいるだけで、夢から覚めたら、そこは現実。やっぱり、一番大切なのは、目の前の現実だ。

わたしは、そんなふうに理屈をつけて、何事にも夢中になれない自分を納得させた。

女子大を出て銀行に就職し、友人に紹介された人とお見合い結婚をして、寿退社した。

——わたし、この人に夢中になったことがあったかしら。

新婚旅行から帰り、新居の小さなダイニングテーブルに向かい合ったとき、ふと、出会ってからいままでを振り返った。そして、自分の中に、好きで好きでたまらない、という熱い感情がわき起こってこないことにいまさらながらに気づいた。相手からプロポーズされ、とりたてて断る理由もなかったから応じた、そういう結婚だった。もちろん、大嫌いではなかったし、生理的に受けつけない種類の人ではなかった。

しかし、大恋愛の末の結婚でなかったことは、〈わたしは、男の人に対しても夢中になれない体質なのだ〉という失望を覚える結果につながった。

思い起こせば、わたしには初恋の人もいなければ、芸能人で強烈に好きになった人もいなかった。あの人のあの表情はいいなあ、と思うものの、その人が載っている雑誌を買おうとか、主演映画を観ようという気持ちにまでは高まらないのだった。

それでも、結婚生活を続けていくうちには、夫に対する愛着も生じてくる。わたしの場合、一人っ子だったし、夫は九つも年上だったから、結婚当初から夫が兄のような存在に思えていた。口数が少なく、穏やかな性格で、食卓で話題を切り出すのはつねにわたしの側だった。物足りなさも感じたが、いずれ子供ができれば食卓は賑やかになるだろう、そしたら、わたしは子育てに夢中になるはずだ、と考えた。けれども、何年たってもわたしに妊娠の兆しは訪れない。不妊治療を試みたが、うまくいかない。

「子供がいなければいないで、そういう生活もいいじゃないか。自然に任せよう」

と、三年が経過したころ、夫が言い、

「それもそうね」

と、わたしは同意した。

そう、わたしは、不妊治療にも夢中になれなかったのだった。

早々と不妊治療は諦めたものの、小さく愛らしい存在を世話したい気持ちは本能的に持っていたのだろう。

「犬でもいいし、猫でもいい。ペットを飼わない？」

と、わたしは夫に提案した。

すると、夫は眉をひそめたあと、

「結婚前に話しておけばよかったんだけど」

と、すまなそうな顔をして言葉を続けた。「小さいころ、うちで犬を飼っていたんだけど、俺だけそばに寄れなくてね。身体《からだ》中かゆくなっちゃうんだよ。そのころはなぜだかわからなかったけど、いま思うにあれは犬の毛のアレルギーだったんじゃないかな」

「そう、じゃあ、仕方ないわ」

強く押し切るほどの熱意はなかったし、犬や猫より夫の身体のほうが大切だったから、わたしは即座に諦めた。

子供のいない二人だけの生活は、大手の鉄鋼会社に勤める夫の給料だけで支えられたが、育児に手がかからないのだから自分の自由になる時間はたくさんあった。家政学部の被服学科を卒業したわたしは、裁縫の特技を生かして家でできる仕事を始めた。スーパーの中にあるリフォーム店に持ち込まれるズボンの裾《すそ》上げやスカートのウエストのサイズ直しなどを請け負う仕事である。

二十三年間の結婚生活のあいだ、夫は一度だけ関西方面に転勤になった。もちろん、わたしもついて行った。三年間大阪に住んで、ふたたび東京に戻って来たとき、埼玉県に近い練馬区内にローンを組んで3LDKの新築マンションを購入した。将来、1LDKの間取りにも変更可能な物件で、「子供がいないのだから、年をとってどちらかが介護の必要な身体になったとき、バリアフリーにできたほうがいい」とか、「いずれ、空気のきれいな田舎で暮らしたくなったら、ここを売ろう。そのためにも、駅に近いファミリータイプのマンションがいい」などと話し合って決めた物件だった。

　フルタイムの仕事に追われる日々ではなかったから、あいた時間には習い事もしてみた。

　絵手紙、ヨガ、短歌、といくつか教室に通ったが、何をしても心の底から楽しめない。どの分野にも才能あふれる人はいるもので、あとから入った人が隣で講師に褒《ほ》められたりすると、途端に自信を喪失し、やる気が失せてしまう。遅ればせながら、自分がいかに負けず嫌いな性格なのかということに気づいた。人と競い合わない趣味のほうが自分には適しているとわかって、家で静かに本を読むことにした。

　そんなわけで、趣味を問われれば、「読書」と答える習慣がついた。

　夫婦二人だけの穏やかな暮らしは、刺激こそ少なかったが、慣れてしまえば快適で、このまま平穏に続いてほしい、とわたしは望んでいた。

2

あんなことを言い出したから、夫の寿命は縮まってしまったのかもしれない。

夫が五十七歳で、わたしが四十八歳のときだった。業績が芳しくなくなった夫の会社では早期退職者を募り始めて、夫は前の年に好条件を受け入れて退職していた。幸い、退職後も友人のつてでコンサルタント業の手伝いみたいな仕事を入れてもらっていた。わたしも洋服のリフォームの仕事は続けていたから、経済的には少しゆとりがあった。

「俺たちには子供がいないから、いろいろ考えておいたほうがいいな」

と、ある日、夫が言い出した。

「いろいろって?」

「財産のことだよ。遺言を書いておかないと、と思ってね」

夫はテーブルに紙を広げて、家系図のようなものを描いた。「順番から言ったら、おまえより俺のほうが先に死ぬだろう。俺が死んだら、すべての財産を妻である山内聖子《やまうちきよこ》に譲る。そう遺言しておかないと、のちのち面倒な問題が起きるかもしれない」

「面倒な問題って？」

夫はわたしの質問には答えず、眉をひそめて黙っている。

夫の父親は、夫が大学生のときに交通事故で亡くなっている。夫の母親が亡くなったのは、わたしたちの結婚後で、こちらは病死だった。夫には三歳下の妹がいる。夫の妹は、母親の反対を押し切って売れない役者と勝手に籍を入れたものの、結婚生活は五年で破綻して家に戻って来た。しばらく母と妹で暮らしていたが、もともと気の強いところが似ていたのか、何かにつけて反発し合い、激しい口論の末に妹は家を出てしまった。居酒屋やスナックに勤めながら、男とくっついたり離れたりを繰り返す生活をしていた妹だったが、母親が亡くなった翌年に奇しくも母親と同じ病気で亡くなった。

――男の俺にはわからないが、女同士の関係って複雑なんだろうな。

妹の葬儀後、酒を飲みながら、夫がつぶやいていたのを憶えている。

妹を偲ぶように目を閉じていた夫は、やがて、改めて過去を振り返った。

「おやじが死んだとき、妹はまだ高校生だったから、男が一人という責任感もあって、俺は一日も早くおふくろと妹を養わねば、と必死になった。バイトしながら大学に通って、寝る時間も惜しんで勉強して、第一志望の会社に入った。当時は、おふくろと妹の仲はうまくいっていたよ。俺が口を挟めないほど、二人ともおしゃべりでね。だけど、せっかく入った美容学校を妹が辞めたころから二人の仲が険悪になって、歯車が狂い出した。夜の仕事を始めたことでおふくろにたしなめられて、家に居づらくなったんだろう。家を出て行ったきり、何年も連絡がなかったんだが……。ある日、男を連れて来て、『結婚したい』と言うんだ。聞いたことのない劇団に所属しながら、芸能界デビューをめざして、妹と同じように居酒屋でバイトをしている男でね。当然、そんな生活力のない男に娘を託せない、とおふくろは反対したんだが、男にぞっこんの妹は聞く耳を持たない。子供も生まれて、生活も苦しかったんだろう。案の定、結婚生活は長続きしなかった。事情があって、子供を置いて出て来たというが、それもあって自暴自棄になったのか、そのあとも自堕落な生活が続いて、身体を壊したんだろうな。結局は、おふくろと同じ病気で死んでしまった。気の強い性格のほかに、母と娘で体質もよく似ていたってことなんだろう」

妹の薄幸な人生を総括した夫の目には、涙がたまっていた。

「それで……」

嫌な予感を覚えつつ、わたしはおそるおそる先を促した。

「妹には息子がいる」

「別れた夫のもとに置いて来たという子でしょう？　あなたの甥に当たるわけよね」

「ああ」

夫は大きなため息をつくと、こう言葉を継いだ。「自分を捨てた母親を恨んでいたのか、通知を出しても葬儀にも来なかったやつだよ。あの親にしてこの子ありでね。高校を出て、勤めた先を数年で辞めて、そのあとは定職にも就かず、ふらふらしていたってことだったが、いまは何をしているのか……」

「あなたが亡くなった場合、その子も法定相続人にカウントされるの？」

「ああ」

そのとき夫はていねいに説明してくれたが、その後、自分でも法律を調べてみた。わたしたちのように子供のいない夫婦の場合、夫が亡くなれば、妻以外に死亡した夫の両親など直系尊属が相続人になる。夫の両親はすでに他界しているから、夫のきょうだいが相続人になるが、夫の妹は亡くなっている。その場合、夫の妹の子供、すなわち、甥が代襲相続人となるのだ。

法律では、夫が死亡した場合、配偶者であるわたしは遺産の四分の三を、甥は四分の一を相続すると決められている。だが、「妻に全財産を譲る」という遺言を残しておけば、甥には遺留分が認められていないため、夫の財産は甥に渡ることはない。

――一度も会ったことのない甥なんかに財産を譲りたくはない。

当然ながら、わたしはそう強く思った。実の母親の葬儀にさえ顔を見せなかった情の薄い男である。

「じゃあ、早速、週明けにでも遺言書を作成しよう」

そう言って、準備を始めた矢先だった。週末、仕事で大阪へ行った夫は、出張先で倒れて、急死した。急性心不全だった。太りぎみではあったけれども、不整脈などの前兆はなかったから、まさに青天の霹靂《へきれき》だった。

　わたしは呆然とし、抜け殻のようになって、近所に住む友達の荻野美智子《おぎのみちこ》さんの助けを借りて、葬儀をはじめ夫の死後の雑事を処理した。茨城の両親はともに八十間近の高齢者で、母は膝の手術をした父の通院に付き添う必要があり、遠出はできない。夫の伯母二人も他界していて、疎遠になっていた夫のいとこをはじめ親戚は一人も参列しないという寂しい葬儀だった。

　もちろん、夫の甥と連絡をとる努力はした。夫の妹が亡くなったときに、夫は、妹の別れた夫の実家あてに妹の死を知らせる手紙を送っている。返事はなかったが、手紙が送り返されてはこなかったので、確かに届いたのだろうと解釈した。だから、同じ住所にあてて送ったのである。

　しかし、今回も何の反応もなかった。

　雑事があるうちはまだ気が紛れていた。だが、それも済んで、マンションの部屋に一人になると、気が遠くなるような寂寥感に襲われた。話し相手がいない。膝にまつわりつくペットもいない。

　四十九日が過ぎるまでは、洋服のリフォームの仕事を断り、ただぼんやりと本を読みながら家の中で過ごした。一人だと食事を作る気にもなれず、体重が三キロも落ちてしまった。

「大丈夫?　ちゃんと食べてる?」

葬儀のときに何かと力になってくれた荻野さんが心配して、せっせと料理を運んで来てくれた。荻野さんのおかげで、わたしは少しずつ元気を取り戻せたのかもしれない。

頼まれたスカートの裾上げができたのでリフォーム店に届けに行ったとき、偶然、受け取りに来ていたのがわたしと年齢が同じ荻野さんだった。

「わたしね、料理は好きだけど、お裁縫はまるでだめなの」

彼女のスカートをきれいに裾上げしたのがわたしだとわかると、荻野さんは微笑んで言った。住まいも近所だとわかり、その後、交流が生まれたのだ。

子供のいないわたしには、子供を通じての女友達などはできなかったから、同世代の荻野さんのような存在は貴重だった。唯一の友達と言ってもいいかもしれない。

3

「このごろ、山内さん、笑顔が増えたよね」

荻野さんに指摘されるまで、わたしは自分の変化に気づかないでいた。

言われてみれば、何げなくつけたテレビに子犬が映っていて、その可愛らしい動きに頰が緩むこともあった。

「そう？　リフォームの仕事を再開したからじゃない？」

とぼけてみせたものの、内心はドキッとしていた。

夫を亡くしてまだ三か月。そんなに早く立ち直ってもいいものだろうか。

悲しみがすっかり癒えたわけではない。だが、少し前まではぼんやりしていると夫の顔が自然に頭に浮かんできたのに、最近では針仕事をしているあいだ、観ていたテレビドラマの続きや読みかけの本の結末を想像していたりする。夫の思い出に侵食されない時間が確実に増えているということだ。

先日、夫を亡くした女性たちをテレビ番組で取り上げていたが、そこで「夫ロス」という言葉を知った。夫を単身赴任先で病気で亡くした女性は、大きすぎる喪失感を埋められず、十年たったいまでも、毎日の墓参りが欠かせないという。夫の死後、幼な子を抱えて実家に戻って暮らす三十代の女性は、子供の中に死んだ夫の面影を見つけては泣き暮らす日々だという。

——わたしは、彼女たちほど悲嘆に暮れてはいない。

そのことを自覚したばかりだった。

「こんなこと言ったら失礼かもしれないけど、山内さん、おうちがあって、子供もいないし、家でできる仕事もあるから、ご主人を亡くしても、生活に余裕があって恵まれているのよ」

「そうね、そうかもしれない」

と、女友達の前でわたしは潔く認めた。わたしは、夫を亡くした悲しみにも夢中になりきれない女だったのだ、と。自宅のローンは完済している。子供がいないから教育費などはかからない。内職のような仕事とはいえ、食べるのに困らない程度の収入はあるし、いずれ夫の遺族年金も入ってくる。堅実な性格の夫だったから、ある程度の蓄えもある。何よりも夫が死んで生命保険金が受け取れた。当分、生活に逼迫するおそれはない。

生活が保障されていることが、悲しみからの立ち直りの早さにつながっているのかもしれない。

「いまだから言えるけど」

と、二人だけなのに荻野さんは少し声を落とした。テーブルの上には、彼女が焼いたマドレーヌが載っている。荻野さんの作るケーキや焼き菓子は、その辺のお店のものよりおいしい。

「わたし、山内さんのご主人、ちょっと苦手だったの」

「どうして？」

「だって、ほら、おとなしいというか、寡黙な方だったでしょう？　ご主人がいると、何だか聞き耳を立てられているようで、落ち着かなくて」

「そうだったの」

鉄鋼会社を早期退職したあとの夫は、常勤というわけではなかったから、家にいる日もあった。買い物帰りに荻野さんが立ち寄っても、女二人にしてやろうと別室へ行くような配慮は見せず、部屋の隅で雑誌を読んでいるような人だった。

「いまなら、誰にも遠慮せずに、こうして思いきりおしゃべりできるじゃない」

「まあね」

わたしは、夫を邪魔者扱いするような荻野さんの率直な言い方に苦笑した。そういえば、わたしは夫に恋い焦がれて結婚したのではなかったっけ、と改めて思い出して、苦笑が大きくなった。つまり、夫に夢中になることなく結婚し、静かな愛情こそあれ、結婚生活のあいだもついぞ夢中になったりはしなかったのである。だから、夫を失っても立ち直りが早く、痛手は少なくて済んだのかしら、などと思った。

「不謹慎かもしれないけど、何だか、ちょっとうらやましいな」

「何かあったの?」

荻野さんは、二台とめられるカーポートと庭のある一戸建てに、夫とその両親と四人で暮らしている。息子と娘がいて、独身の息子は仙台で仕事をしており、娘はこの春、結婚して家を出たはずだ。子供を二人とも立派に育て上げたと言ってもいい。彼女の夫は彼女と同年齢だから、夫の両親はわたしの両親とほぼ同世代だ。

「このあいだ、実家の母が体調を崩してね。三日ほど家をあけたんだけど、帰って来たら、主人が嫌味を言うのよ。そのあいだ、義母の具合も悪くなったらしく、主人は一日会社を休まなくちゃならなくなって。『おまえがいなかったせいで』みたいな言い方をされたの。わたしがいたらわたしに看護を押しつけられたのに、って意味でしょう?」

「お義父さんもいるんでしょう?」

「あの人はだめ。縦のものを横にもしない人だから」

「でも、お義母さんはすぐに回復されたんでしょう?」

「ええ、軽い風邪だったから。でも、そのお義母さんにもまた嫌味を言われちゃったのよ。『美智子さん、これからは、実家のお母さんよりわたしのことを優先させてくれるわよね。一緒に住んでいるんだから』ってね」

「それはひどいわね」

荻野さんの実家は、確か、秋田だった。近くはない。

「娘がいたときは、愚痴のはけ口が娘だったし、一緒にお芝居に行ったりして、ストレスが発散できたのに、あの子がいなくなっちゃったでしょう? 何だか寂しくて。だから、こうしてここに来る回数も増えたわけだけど」

「いいのよ。どんどんいらして。聞き耳を立てる夫もいなくなったから」

そうジョークを交えて受けると、荻野さんは笑った。

しばらく笑ってから、口元を引き締めると、「たまに、一人になりたいな、と思うことがあってね」と、荻野さんは言った。「だから、あなたがうらやましくて」

「一人になりたくなったら、いつでも、遠慮せずにここに来て」

と、今度はジョーク抜きで言う。

「ありがとう」

荻野さんは、わたしの手を強く握って大げさなほど揺すった。「だから、お願い。ずっとここにいてね。どこかに引っ越したりなんかしないでね」

「あ……うん」

荻野さんは、わたしの答えのわずかな間を感じ取ったらしく、「まさか、引っ越しを考えてるんじゃないよね？」と、すがりつくような目で聞いた。

「すぐにってわけじゃないけど、茨城の両親も高齢でしょう？　父は膝を痛めているし。わたしは一人っ子だから、遅かれ早かれ、二人の面倒を見なくちゃいけなくなるわ。そしたら、ここは処分して、実家のほうに移るかもしれない」

老後は空気のきれいな田舎で暮らそう、と生前の夫と話し合ってはいたが、それは、わたしの両親を見送ってからの計画でもあったのだ。わたしの両親は、実家の近くに所有する土地にアパートを建てており、毎月家賃収入がある。いずれ、両親の死後は、そのアパートのほか実家の土地家屋を含めてわたし一人が相続することになる。

「そう」

荻野さんは大きなため息をつくと、「仕方ないわね」と、緩やかにかぶりを振った。

「でも、まだ先の話だから。母のほうはまだまだ丈夫で、自転車にも乗ってるの」

「ごめんね。つい、愚痴っぽくなっちゃって。山内さんだって、一人になって本当はすごく寂しいわよね。ご実家でご両親と一緒のほうがいいのかもしれない」

荻野さんは、迷いを吹っ切るようにうなずくと、「じゃあね。あんまり道草食ってると、またお義母さんに嫌味を言われるから」と、立ち上がった。買い物帰りにわたしの家に寄り、買ったものを冷蔵庫に預けて、そのあいだ思う存分おしゃべりをする。それが荻野さんの息抜きになるのであれば、いつでもつき合うつもりでいる。

「あのね、一人じゃないのよ」

玄関に向かう荻野さんの背中を見ていたら、その言葉が口をついて出てきた。

「えっ?」と、荻野さんが振り返った。

「亡くなった夫に甥がいるの」

「甥っ子さん?　でも、お葬式には来なかったわよね」

荻野さんは、眉をひそめた。

「夫の妹の子でね。今年二十八になるとか。妹はすでに亡くなっているの。ずっと疎遠になっていて、何の連絡もなくて」

「居場所はわかってるの?」

「いちおう、心当たりには手紙を出したんだけど」

夫の妹が亡くなったときのことと、夫が亡くなったあとのことを彼女に話した。

「ご主人の甥っ子さんがいるってことは、遺産相続が発生するんじゃないの?　おたくには子供がいないんだし」

「そうなのよ」

遺産相続の問題にくわしい荻野さんに、ちょっと驚いた。

「で、司法書士とかに頼んで、甥っ子さんを探したりしたの？」

「それは、まだ」

「早くしたほうがいいんじゃない？　確か、相続税の申告の期限は、被相続人の死亡から十か月じゃなかったかしら」

荻野さんは、やっぱり、法律にくわしかった。

そのことは、わたしも調べていた。夫の財産を相続できるのは、妻であるわたしと甥の二人だけだ。法定相続人が顔を合わせて遺産分割協議をする必要があるが、相手が出て来ないことにはどうしようもない。相手の行方がわからない場合は、家庭裁判所に届け出るという方法もある。十か月を過ぎて甥が現れて、「なぜ、手を尽くして探してくれなかったのだ」と言い出さないともかぎらない。そうなったら厄介だ。甥が「手紙なんか受け取った憶えはない」と言い張り、自分に贈与される分の遺産を要求してきたらどうなるか。夫の妹の元亭主の実家に手紙を出しただけでは、手を尽くして探したとは言えないのかもしれない。

「そうね。費用はかかるかもしれないけど、専門家に頼んで探してもらったほうがいいわね」

——あの場ですぐに、夫に遺言書を作ってもらうべきだった。

胸にこみあげる悔しさを抑えて、わたしは言った。仕事も長続きしなかったという甥だから、きっとろくでもない男なのだろう。遺産相続の権利があるとわかったら、目の色を変えて駆けつけるに違いない。

荻野さんを玄関から外廊下に送り出したとき、エレベーターの扉が開き、スーツを着た長身の男性が現れた。見かけない顔で、わたしは身構えた。髪の毛をいまふうにセットした二十代に見える男だ。

「あの……山内聖子さんですか？」

玄関扉の横の表札からわたしに視線を移して、男は尋ねた。

「そうです」

「一樹《かずき》です。桜井《さくらい》一樹です」

わたしは、息を呑んだ。夫の妹の息子の名前が「桜井一樹」だった。

「甥っ子さん？」

荻野さんが訝《いぶか》しげに男を見てから、わたしにささやいた。

うなずくのも忘れて、わたしは夫の甥——桜井一樹の端整な顔立ちに見とれていた。炎天下を歩いて来たのか、額には汗がにじんでいたが、その汗さえもさわやかに見えた。

その瞬間、わたしは悟ったのだった。わたしはこの青年にハマってしまったのだ、と。

4

「びっくりしたわよね。ご主人の甥っ子さん、すごくイケメンじゃないの」

翌日、家に来た荻野さんは、急きこむような勢いで言った。

「そうかしら」

わたしもまったく同じように感じていたが、心の揺れを気取られたくなくてそっけなく返した。「あの子の父親は、若いころ劇団に入っていたそうだから、芸能界にあこがれていたんでしょうね。自分の容姿に自信があったんじゃないの？　その人の息子だから、遺伝子を受け継いでいるんでしょう。そこそこイケメンでも不思議じゃないわよ」

「でも、想像していた以上の好青年だから」

荻野さんの言うとおり、想像以上に、桜井一樹は物腰が柔らかで、初対面のわたしにきちんと敬語を使って話していた。

「で、あれからどういう話になったの？」

荻野さんは、少しでも早く知りたいというふうに身を乗り出した。今日は買い物帰りではなく、スーパーに行く前の立ち寄りである。昨夜、彼女から「どうだった？」と結果を問う携帯メールがきたが、長い文章を打つのが面倒でもあり、「明日会って話す」と短く打ち返したのだ。

昨日、マンションの外廊下で、「大丈夫？　わたしも立ち会おうか？」と、彼女は小声で聞いてきたが、「大丈夫よ」と、立ち会いを断ったのだった。

——こういう身内の席には、他人が入らないほうがいい。

そう心の中で言いかけて、わたしはハッと胸をつかれた。身内？　会ったばかりなのに、もうこの夫の甥——桜井一樹を、他人ではなく身内、と無意識に受け入れてしまっている自分に驚いた。

「どうって、別に世間話をしただけよ。初回だから」

平静を装って答えたが、実は、初顔合わせで、わたしはすでに彼にかなり肩入れしていた。

「なぜ、母親の葬儀にもおじさんの葬儀にも来なかったの？」

「母親が家を出たときはまだ子供だったし、別れた両親の仲がしっくりいってなかったから、口を挟むような立場になかったのね。暴力的な父親との仲も悪かったというし。高校を卒業と同時に家を出て、父親とも疎遠になっていたみたいで、どちらの葬儀の連絡もすぐにはもらえなかったというわ。今回は、久しぶりに父親のところに顔を出して、わたしの手紙を読んだわけだけど」

「まあね。子供のときに母親に家を出られちゃったんだから、かわいそうといえばかわいそうだけどね」

荻野さんは、同情心を示してから、眉根を寄せた。「で、相続の話にはなったの？」

「それが、あちらからは何も切り出してこないで」

「それじゃ、山内さんのほうから？」

「ええ」

桜井一樹の表情に欲の色が見えなかったことで、わたしは拍子抜けしたような気分になったのだった。

「おじさんの遺産の四分の一がもらえると知って、彼はどう反応したの？」

「『ああ、そうですか』とだけ」

「拒否はしなかったのね。つまり、相続放棄はしなかったのね、という意味だけど」

「そうだけど、『受け取ります』とも言わなかったのよ。『関係のないぼくがいただいてもいいんでしょうか』って、何だか遠慮している感じだったわ」

「だめよ」

いきなり荻野さんが叩きつけるような口調で言ったので、わたしはビクッとした。

「演技かもしれないわよ。役者の血が流れている子だもの。遠慮しているふうに見せて、こちらにつけ入って、どんどん図々しくなってくるかもしれない。ああいう子は、お金をせびるのがうまいから。いまの世の中、三十近くなってもまだ独り立ちできずにふらふらしている子っていっぱいいるのよ。あの子、仕事は？」

「勤めていたお店を辞めたとかで、いまはバイトをしながら、条件のいい仕事を探している最中だとか」

「ほら、見なさい」

と、荻野さんは勝ち誇ったように言い募る。「二十八でフリーター。そこに、いままで会ったこともなかったおじさんの遺産が転がりこんでくると知ったら、どうなるか。一樹君っていったかしら、その子、いまどこに住んでるの？」

「北区のアパートに。でも、そこも建て直しが決まっていて、引っ越しを迫られているのだとか」

「ほら、きた」

と、荻野さんはわたしを睨むような目をした。「あなたは、いまここに一人暮らしでしょう？ 部屋があいているのを知って、『住まわせてくれませんか』なんて甘えてきたらどうするの」

「そんなことは言い出さないわよ」

あわてて荻野さんの顔の前で手を振ったが、内心うろたえていた。桜井一樹に近況を聞いてから、いま困っていることを聞き出し、それが仕事と住まいのことだと知って、つい、「次会うときまでいろいろ当たっておくわね」と、安請け合いしてしまったのだった。さすがにこのマンションの一室を貸す気にはならなかったが、仕事が見つかるまでは、実家が所有しているアパートの空き部屋に住まわせてあげてもいいかな、くらいは考えていた。

「そうならいいけど。山内さん、人のいいところがあるから」

荻野さんは、小さくため息をついた。

「でも、いちおう、あの子には夫の遺産を受け取る権利はあるわけだし」

「さっさとあげて、縁を切りなさいよ」

「えっ?」

「うちの息子の先輩にもいるのよ。高校中退してからずっと家に引きこもりで、無職のまま親に養われている子が。ラクすることを憶えたら、なかなか自立する気にはならないのよね」

「そういう子には見えなかったわ。いまは仕事がうまくいってないけど、ちゃんと自分の夢を持ったしっかりした子だという印象を受けたわ」

「夢って何なの?」

「イタリアンレストランを持ちたいとか。高校を出てから、和食のお店で板前修業をしていたんだけど、やっぱり、自分がめざしたいのはイタリアンなんだ、って気づいたとか」

「へーえ、イタリアンか。料理が好きな子なのね」

自身も料理が得意な荻野さんは、そのときだけ感心したように微笑んだ。

「何だか、若い人のそういう夢を叶えてあげたくなって。だって、あの子は両親の愛情にも恵まれずに育って、好きな道にも進ませてもらえなかったでしょう？　せめて、調理師の専門学校へ通わせてあげてもよかったのに」

「そこまであなたが考えてあげることはないわ。必要と思えば、おじさんの遺産をあの子がそういう方面に使えばいいんだし」

「そうね」

「とにかく、女の一人暮らしだと思って、足元を見られたら怖いわよ」

「大丈夫よ。亡くなった夫の甥だもの」

「ご主人の甥で、あなたとは血がつながってないのよ。他人と一緒じゃないの」

――いや、違う。他人じゃない。

荻野さんへの反論は、もちろん、言葉にはしなかった。

「おばさん」

と、初対面の会話の中で、桜井一樹にごく自然に呼ばれた瞬間、彼はわたしにとって「血のつながった甥」同然になったのだった。

5

「これもおばさんのお手製ですか？」

紅茶の横に置かれた白い皿を見るなり、一樹君は興味深そうな表情で聞いた。

「えっ？　ああ、うん、そうなの」

皿には昨日、荻野さんが持って来てくれたオレンジピールのチョコレートが並んでいる。

菓子作りの得意な彼女が作ったのだ。オレンジの皮を砂糖で煮て、チョコレートでコーティングしたお菓子で、「ウイスキーの水割りにもよく合うな」と言って、亡くなった夫が好んで食べていたものでもある。

「じゃあ、遠慮せずにいただきます」

一樹君は細い指先で一本つまむと、口に入れるなり、「うわっ、激うまっ」と、若者らしい言葉でそのおいしさを表現した。

「おばさん、すごいですね。裁縫も料理も上手で。女子力ありすぎです」

「女子力だなんて」

首筋にくすぐったさを覚えて、「やめてよ、一樹君」と、わたしは何度も頭を振った。

初日に相手がこちらを「おばさん」とすんなり呼んだのだ。二度目の顔合わせでは、わたしもさりげなく「一樹君」と名前で呼べるようになっていた。

初対面のときに、荻野さんが作ったマドレーヌをお茶請けに出したのだが、「これ、やばいくらいうまいです」と、一樹君が目を丸くしたのを見て、「そうでしょう？　お手製だから」と、返したところまではよかった。

「えっ、おばさんが作ったんですか？」

と、問われて、

「そうよ」

と、思わずうなずいてしまったのだった。

それから、イタリアンレストランを持つのが夢という一樹君に聞かれるままに、「こっちはシナモンパウダーを振ってあって、こっちは抹茶味にしてあるの」と、ひと味違うマドレーヌのレシピを教えた。それは、そっくり荻野さんが話してくれたレシピだった。

「焼きむらもなく、しっとりと焼けているし、お菓子屋さんが開けるくらい上手ですね」

一樹君に持ち上げられて、「それは褒めすぎよ」と謙遜してみせたが、内心はひやひやしていた。一度口から出た言葉はお腹の中には戻せない。うそをついたという後ろめたさも手伝って、先日、荻野さんと会ったときには顔がこわばってしまった。

「わたしは世間が狭い主婦だから、仕事面では力になれそうにないけど、住まいのことなら何とかなりそうなの」

オレンジピールのチョコレートを食べている一樹君に、そう切り出した。

一樹君の表情が不安と期待に揺れる。

「わたしが保証人になるから、いまより便利な場所にいまより広い部屋を借りたら？　敷金礼金はこちらで用意するわ」

「でも……」

「夫が、ううん、一樹君のおじさんが生きていたら、たった一人の甥だもの、きっと力になってあげたかったと思うの。おじさんの代理としてこのおばさんが、と思ってちょうだい」

「いいんですか？」

「いいのよ。ああ、これは、おじさんの遺産の相続分とは別にするから。相続分は、引っ越したあとにちゃんとあなたの銀行口座に振り込むわ」

わたしは、遺産分割の額を書いた紙を一樹君に渡した。

一樹君は、その紙を見て声を失っている。相続額が、将来、自分の店を持つのに充分なものかどうかはわからないが、準備資金にはなるだろう。これで専門学校に通うなり、イタリアに旅行するなり、何でも彼の好きに使えばいい。

「ありがとうございます」

一樹君は、テーブルにつくほど頭を垂れた。顔を上げたときには、その大きな二重の目がまぶしいほど光り輝いていた。漫画では見たことがあったけれども、本当に瞳の中に星がまたたくのね、とわたしは不思議な陶酔感を覚えていた。

6

「まったく、山内さんってお人よしよね」

と、荻野さんはまたわたしを睨むような目で見た。

一樹君を下のエントランスホールで見かけたと言い、彼がここに来ていたことが彼女に知られてしまった。

「女の一人暮らしなんだから、次からは外で会ったほうがいいんじゃない？」

「大丈夫よ。二度とも何もなかったんだし」

「まさか、『部屋があいているから、ここに一緒に住めば？』なんて持ちかけたりしなかったでしょうね」

「するわけないでしょう？」

笑って否定したが、新しい住まいを世話したことは話さないでおいた。

「さっきで、大事な話はほとんど終わったのよ」

「ああ、相続の話ね。どうなったの？」

「法律どおり。相続額は、一千三百万円」

「一千三百万！」

荻野さんは、両手を広げて首をすくめてみせた。呆れるほど驚いたという意味らしい。「法律的な問題は片づいたのね。じゃあ、もうあの子にはかかわらないほうがいいわ」

「ずいぶん警戒しているのね。桜井一樹は、いちおう夫の甥で、わたしの親戚なのよ」

「いままでつき合いのなかった、でしょう？　親戚ほど厄介な存在はないとも言うわ」

「義理の妹が、母親としてしてあげられなかったことを、わたしがかわりにしてあげた。そう思ってくれない？」

「まあね。わたしが心配しているのは、あの一樹君って子が今回の相続で味をしめて、今後もあなたに無心してこないか、ってことなの」

「余計な心配しないで。そんな子じゃないわ。わたしだって、人を見る目はあるつもりだから」

頑なな荻野さんの態度をほぐそうとして、わたしは言葉を継いだ。「荻野さんが作ってくれたオレンジピールのチョコレート、一樹君、絶賛してたのよ。お菓子屋さんが開けるくらいおいしい、って」

「あら、本当？」

途端に、荻野さんの顔色がパアッと明るくなった。

「その前のマドレーヌもすごく褒めてたわ。レストランを持ちたいっていう彼から褒められたんだから、荻野さんの腕は本物よ」

褒めちぎりながら、わたしは胸が圧迫されるような痛みを感じていた。そうだ、わたしはお菓子作りが得意な彼女に嫉妬しているのだ、とはっきり悟った。

「やっぱり、あの子、舌が肥えているのね。素直で正直な性格は評価してもいいかもね」

気をよくした荻野さんは、饒舌になった。「そんなに褒められたんじゃ、もっと作らないわけにはいかないわね。次は何を作ろうかな。シュークリームにしようかしら、マカロンにしようかしら。ほら、娘が家を出てから、作りがいがなくて。お義父さんは糖尿のけがあるし、最近太りぎみのお義母さんにはダイエットさせているところだし、主人は辛党だから。また何か作って持って来てあげるわ。あなたのかわいい甥っ子さんに食べさせてあげて。桜井一樹君に」

「ありがとう。でも、いいわ。次からは外で会うことにするから」

手作りのお菓子を持って来られて、一樹君と鉢合わせしては困る。わたしのうそがばれてしまう。

「そう？」

荻野さんは、ちょっと残念そうな表情になったが、「でも、まあ、そのほうがいいわね」と、大きくうなずいた。

7

アパートの保証人になったのだから、引っ越し先を確認する権利がある。一樹君の住まいをチェックするのは、おばさんとして当然だ。わたしは、そんな理由を作って、豊島区南長崎に一樹君が借りたアパートを見に行った。東長崎駅から徒歩五分のまだ新しい物件で、周囲の環境も治安もよさそうなので、ひとまず安心した。

——夜は、池袋のバーでバイトしているんです。ワインやカクテルにもくわしくなったほうがいいかな、と思って。

先日、一樹君がそう言っていたのを思い出して、わたしはアパートの二階の窓を見上げた。午後三時。まだ彼は部屋にいるだろうか。

しかし、いきなり訪れるのもためらわれた。世話を焼きすぎる母親を息子がうるさがるように、お節介なおばさんに一樹君は閉口するかもしれない。彼の携帯電話の番号は知っている。「ちょっと池袋まで買い物に来たから、ついでに」と、事前に電話をしてから訪問するという手もある。だが、やはり、それもやりすぎな気がした。

——あのお金を元手に、大きな夢を叶えてほしい。

そう願って、東長崎駅へと戻りかけたとき、コンビニからレジ袋を提げた一樹君が現れて、わたしはドキッとした。後ろに頭一つ小さい女性を伴っている。

「一樹君」

日傘を傾けて呼びかけると、一樹君は長身を硬直させ、こちらへ顔を振り向けた。

「ああ、おばさん」

だが、声は柔らかで、驚きやあせりなどは含まれていない。

「練馬に住んでいるおばさんなんだ」

と、一樹君はわたしのことを連れに紹介した。

一歩引いて立っていた二十四、五歳に見える女性は、わたしに会釈するなり、

「じゃあ、また」と、一樹君に手を振ると、反対方向に歩いて行った。

「ごめんなさいね。デートの邪魔したみたいで」

「デートなんかじゃないですよ」

一樹君は、笑いながらかぶりを振る。

「池袋まで来たついでに、ちょっとこっちのほうにも、と思ってね。ほら、どんなアパートか、外から見ておきたくて」

出くわしてしまったのである。作戦を変えて、一樹君の生活の一端をのぞくことにした。わたしはアパートの保証人なのだし、敷金礼金も出してあげている。うるさがられてもかまわない、と開き直った。それに……心配事も生じていた。

「外と言わず、中へどうぞ」

一樹君は、躊躇もせずにわたしを部屋に招じ入れてくれた。

「あら、案外、狭いのね。ワンルームしか見つからなかったの?」

廊下もなく、玄関から室内を見渡せる間取りに、ちょっとがっかりした。

「駅から近いとなると、予算内ではこのくらいが普通です。これでも、かなりいい物件ですよ。エアコンもつけてもらって、ぼくには贅沢です」

彼の口から「贅沢です」という言葉が出て、わたしは少し安心したものの、さっき抱いた心配事は消えない。

「どうぞ」と、彼に勧められた高すぎるスツールに座り、座高もある彼と向かい合うと、「さっきの女の子だけど、一樹君の彼女なの?」と、すぐに本題に入った。

「いえ、違いますよ。いまバイトしているバーにときどき顔を出す子で。たまたま近くに住んでいたんです。コンビニでもたまに顔を合わせて」

「彼女が近くに住んでいたから、ここに越したんじゃなくて?」

「いえ、偶然です」

「結婚を考えているような人じゃないのね?」

「結婚なんて、全然。まだまだ、ぼくはそんな器じゃないですし」

答える彼の表情をうかがうかぎり、うそではないだろう、とわたしは思った。しかし、釘をさしておかねばならない。

「いい、一樹君。このあいだの相続分は、おじさんからあなたへのプレゼントと考えてちょうだい。いままで何の援助もできなかった罪滅ぼしと見なしてもらってもいいわ。だから、あのお金はあくまでも自分のために使ってほしいの。あなたくらいの年齢には大きな額だから、慎重にならないと。さっきみたいな若い子に話したりしたら、どう利用されるかわからない。間違っても、ちょっとかわいいからって、変な子に貢いだりしないでね」

さっきの女性がちょっとかわいい容姿だったから、「うるさいおばさんだな」と、眉をひそめられるのを覚悟で諭したのだ。

「そんなばかなこと、しませんよ」

一樹君は、きっぱりと言い切った。「せっかくいただいたチャンスだから、ぼくだって最大限、活用します。絶対にいつか自分の店を持って、おばさんにおいしい料理を食べさせてあげますよ」

「そうよ、その意気込み」

わたしは、一樹君の若さと気迫に感激して、お節介かと思ったが、持参したイタリアグルメツアーのパンフレットや、調理師の専門学校のパンフレットなどをテーブルに並べた。

「ああ、ミラノには行きたいと思っていたんです。ミラノ万博、行きたかったなあ」

と、その中からミラノツアーのパンフレットを取り上げると、一樹君は興奮した口調で言った。

——おばさんも一緒に行きませんか？

わたしは、そんな言葉が続くのをかすかに期待したが、そういう展開にはならなかった。誘われれば、同行してもいいかな、とは考えていたのだが。

しかし、彼にとって、わたしはあくまでもおばさんである。特別な存在にはなりえない。彼は二十歳も年下なのだ。息子と言ってもいい年齢だ。勘違いしてはいけない、と自分を戒めるくらいの分別は備わっている。

「とにかく、見聞を広めるのはいいと思うわ。若いうちにいろんな世界を見ておくのも、将来、必ず役に立つはずよ。食べ物だけじゃなくて、オペラを観劇したり、美術館を巡ったり、いい音楽を鑑賞したり、本物に触れる機会を増やすの」

熱い思いを語るおばさんのわたしを、一樹君は大きな目で見つめていた。

8

コンビニで見かけた女の子と一樹君とは親しい関係ではない、というのは本当だったようだ。その後、わたしの不安を払拭するためか、一樹君からは近況を報告する携帯メールが毎日のように届いた。バイト先のバーでは簡単なおつまみも出しているらしく、自分で創作したという鮮魚のカルパッチョや、チーズや生ハムを盛りつけただけの写真なども送られてきた。

——わりとまめな子なのね。

一樹君からのメールをチェックするのが日課になっていたから、メールのない日などは、「どうしたの？ がんばりすぎてダウンした？」「ちゃんと人生設計、考えてる？」「イタリア語の勉強も始めたら？」などと、親戚の子を気遣うおばさん目線のメールをこちらから送ったりした。

そんなやり取りをしながら二か月が経過し、紅葉シーズンも終わりかけたころ、わたしは、テレビを観ていても、食事をしていても、ミシンを踏んでいても、つねに頭の片隅に一樹君が棲みついていることに気づいた。本来であれば、そこは亡くなった夫の指定席のはずなのに……。

「本当に、もうここには来てないみたいね」

そんなとき、手作りのマカロンを持って荻野さんがやって来た。部屋に入るなり、彼女はくんくんと犬のように鼻を鳴らした。「若い男の匂いはしない」

「何言ってるのよ」

わたしは、噴き出してしまった。「だから、言ったでしょう？　一樹君は親戚の子だって」

「でも、血はつながっていない」

と、また荻野さんは怖い目をして、わたしを見据えた。

「わたしが一樹君に恋しているとでも思ってるの？」

「何だか、山内さん、このごろきれいになったから。恋している女の顔つきよ」

「それは……」

一つ大きなため息をつくと、わたしは、同世代の彼女に自分の心理を冷静に分析してみせた。

「たぶん、夫を失った空虚感を一樹君が埋めてくれたからよ。わたしには子供もいなければ、ペットもいない。産めなかった子供に注いだはずの愛情や、飼えなかったペットに注いだはずの愛情、それらを注ぐ対象として現れたのが一樹君だったのね。荻野さんには話していなかったけど、わたし、夫のことは好きだったし、尊敬もしていたけど、大恋愛した末の結婚ではなかったの。つまり、夫に夢中になったことがなかった。思い返せば、初恋の人もいなかった。だから、一度は男の人に夢中になってみたい願望があったのね。初恋の人に注いだはずの愛情を、いまになって一樹君に注いでいるのかもしれない。ああ、誤解しないでほしいんだけど、それは、芸能人のアイドルに惹かれるようなものね。ほら、イケメンの韓流スターにあこがれるみたいに」

「そういう気持ちはわたしにも理解できるけど。わたしも山内さんと同世代だから」

韓流スターの「東方神起」のどちらかが好きと公言している荻野さんは、案外、あっさりとわたしの心理を理解してくれた。

「で、これも一樹君のため？」

と、荻野さんは、持参したマカロンが入った箱をテーブルに載せた。

「明日、一樹君がここに来るのよ」

それで、荻野さんにお手製のマカロンを頼んだのだった。まだわたしが作ったことにしておいてもらってもいいだろう。

「もうここでは会わない、って決めたんじゃなかったの？」

「外では話しにくい内容なの。法律的な話でね」

「あら、もう解決したんじゃなかったの？」

「夫の件はね。明日は、わたしの死後の遺産相続の件で」

「もしかして、一樹君と養子縁組するとか？」

やっぱり、法律面における荻野さんの勘は鋭い。

「近い将来、一人っ子のわたしは、親の遺産も相続するでしょう？　そのころ、一樹君の夢がどの程度叶っているかわからないけど、まだ若いんだから、世界に飛び出して行って、もっともっと羽ばたいてほしいのよ」

「その考えは、もっともかもしれない」

荻野さんは、今度もすんなりと受け入れて、反対したりはしなかった。一樹君が彼女の手作りのお菓子をおいしいと褒めてくれたから、それで態度を軟化させたのかもしれない。

「山内さん、この何か月かであの子の本性を見極めたのね？」

「ええ。まじめで、信頼できる子だとわかったから」

「じゃあ、明日も一樹君、このマカロンを食べてくれるんでしょう？　だったら、また感想を聞かせてね」

「ああ、うん」

後ろめたさがふたたびこみあげたものの、わたしは心の中で、ごめんね、と謝っただけで済ませた。まだ当分、一樹君には「裁縫と料理が上手な女子力ありすぎのおばさん」として見られていたい。

「マカロンの次は、ティラミスにしようかな。一樹君がめざしているのは、イタリアンでしょう？　イタリア語でデザートはドルチェって言ったかしら」

何を作ろうか、顎に手を当てて考えている荻野さんを見て、不安になったわたしは、「そういうわけだから、明日は、内輪の話ってことで」と、遠まわしながらもここには来ないように彼女に念を押しておいた。

9

桜井一樹と正式に養子縁組して、わたしは精神的に安定したのかもしれない。ときには、一樹君が本当の息子のように思えることもあれば、恋人のように思えることもあった。いずれにせよ、彼に夢中なのに変わりはない。

養子縁組して法律上の親子になったのだし、もともと亡くなった夫の血縁者に違いないのだから、女一人暮らしとはいえ、一樹君がこの家に出入りしてもおかしくはないのだ。しかし、一樹君は、「そっちに遊びに行ってもいいですか？」と、自分から言い出したりはしない。甘えるそぶりを見せるでもなく、なれなれしい態度をとるでもなく、適度な距離をとってわたしに接している。

——母親の愛情に飢えた、あの子の生い立ちが影響しているのかもしれない。

そう思うと、不憫さが増し、よけい愛しくなるのである。

「年明けにミラノに行こうと思っています」というメールが一樹君からきた直後だった。両親が所有しているアパートの管理を委託している不動産会社から、「アパートのことでご相談があります。立ち会っていただけませんか」と電話があった。それまでは、アパートのことはすべて両親に任せていたのだが、その両親も高齢になり、緊急の呼び出しや苦情処理に身軽に応じきれなくなったようだ。

駆けつけてみると、建物の劣化が進んでおり、屋根の塗装や雨樋などの補修が必要との話だった。不動産会社に日常の管理を委託しているとはいえ、建物の所有者の許可を得ないとできない修繕もある。

立ち会いや修繕の手配に一週間も時間を要してしまった。

——そうか、いずれは、わたしが両親の面倒を見て、両親を見送ったあと、この家やアパートを相続するのね。

それは、すなわち、自分一人の肩にプレッシャーがかかってくることを意味する。一時的に気が重くなったものの、それまでのわたしとは違う。

いまは、一樹君がいる。

わたしが両親から受け継いだものを、託す相手がいるのである。未来は明るく開けている。

一樹君には「用事ができてしばらく実家に行きます」とメールをしてあった。実家にいるあいだ、一度も彼から近況を報告するようなメールはこなかったが、わたしは少しも心配はしなかった。

——わたしたちは親子だもの。

法律でつながっている安心感があった。

だから、自宅に帰って、すぐに一樹君と連絡がとれなくとも、さほど不安は感じなかった。メールをしても返信がなく、携帯電話にかけても「電波の届かない場所にあるか、電源が入っていません」と返ってきたが、しばらくどこかに旅行しているのだろう、と軽く考えていた。海外に旅立つときは連絡があるだろうから、たぶん、国内の短い旅行なのだろう。

しかし、三日たっても連絡がなく、こちらからのメールにも電話にも応答がないとなると、さすがに青ざめた。

——何かあったのかしら。

まさか、あのワンルームしかないアパートで倒れているのではないか。悪い方向に想像が膨らみ、居ても立ってもいられなくなったわたしは、様子を見に行こうと思い立った。

その前に荻野さんに電話をしてみた。茨城に行く前に、「実家に急用ができたの。泊まりになると思うけど、長引くようだったらそのときはまた連絡します」と、彼女には電話をしてあった。ご近所の友達としての礼儀である。

しかし、荻野さんの携帯電話もつながらない。自宅に電話をしたら、ご主人の母親らしき人が出て、「家にはいません」とつっけんどんに応じられて、切られてしまった。

――買い物かしら。

胸がざわついた。自分が家を一週間あけていたあいだに何が起こったのか。養子の一樹君とも親しい友達の荻野さんとも連絡がつかないなんて……。

椎名町の一樹君のアパートに行ったが、留守のようだった。法律上の母親になったとはいえ、うるさがられて嫌われては困るので、合鍵までは要求していない。

バイト先として聞いていた池袋のバーへも顔を出してみた。養子縁組をしたのだし、その前にアパートの保証人になってあげたのだから、バイト先の情報くらいは得ている。

「桜井君、辞めましたよ」

開店直後の時間帯で、店内にはまだ一人も客がおらず、カウンター内にいた店長がそっけない口調で言った。急に辞めた一樹君にいい印象を持っていないことが見て取れた。

「いまどこにいるかわかりませんか？　アパートを留守にしているみたいなんですけど」

「海外に旅行中じゃないですか？　たぶん、イタリアあたりに。『ミラノへ行きたい』って言ってたから」

胸のざわつきが大きく育っていく。ミラノ行きは、来年のはずだ。

マンションに帰り、自宅に入った途端、ロビーに来客があるのを告げるインターフォンが鳴った。

スイッチを押すと、画面に男性の顔が現れた。

「美智子、来ていませんか？」

挨拶抜きで、いきなり男性が言った。

荻野さんの名前を呼び捨てにするこの年恰好の男は、一人しかいない。

「うちの主人、冗談が通じないところがあって堅物なの」と、いつだったか荻野さんが言っていたが、そのとおり、画面の男は七三分けのまじめそうな男である。

「いいえ、いませんけど」

「一週間前からいないんです。パスポートも見当たらなくて。美智子の行き先、知りませんか？」

その瞬間、わたしはすべてを悟った。

身体から力が抜けていった。

10

荻野さんからエアメイルが届いたのは、その二日後だった。

山内さん、ごめんなさい。いまミラノに来ています。しばらくここにいると思います。

もうお察しかと思いますが、一樹君と一緒にいます。もうこれ以上、夫や義父母とは一緒にやっていけません。限界だと感じていたときに、一樹君と出会ってしまい、同じ夢を持っているのを知って、急速に親しくなりました。

すっかり諦めていましたが、若いころのわたしにはパティシエになりたい、自分のお店を持ちたいという夢がありました。いつか一樹君と二人でお店を持つ夢、絶対に叶えたいと思っています。

いまは山内さんの中には、裏切ったわたしたちへの怒りしかないでしょう。

本当に、ごめんなさい。


いつ、どうして、こんなことになったのだろう。一樹君がおいしいと褒めたマドレーヌやオレンジピールのチョコレートやマカロンは、みんな荻野さんが作ったものだった。わたしたちの家は近所だから、わたしの家に来た一樹君に彼女が出会ってしまっても不思議ではない。一樹君が養子縁組の相談に来ることを知っていたから、その日に彼女は外で彼を待ち伏せしていたのかもしれない。わたしがうそをついていたように、彼女もまたわたしに秘密を作っていたのだろうか。

——そうか、彼女もわたしと同じだったんだ。

わたしは、ようやく気づいた。わたしが一樹君に夢中になったように、荻野さんもまた家庭を捨て去るほどに一樹君に夢中になったのだ。そして、一樹君もまた同じ夢を持つお菓子作りが得意な荻野さんに、心から夢中になってしまったのだろう。人生経験豊富で法律にくわしい荻野さんだから、死んだ夫の遺産を受け継ぎ、わたしの養子となった一樹君に打算も含めて惹かれた可能性はあるけれども……。

一人になった部屋で、わたしは、もう一つのことにようやく気づいた。

いままでの人生でわたしに夢中になってくれた人。それは、夫以外にはいなかったのだ、と。

元凶

1

——そろそろ限界かもしれない。

デニム地のトートバッグの中をのぞきこむと、西村訓子《にしむらのりこ》はため息をついた。ビニール袋の氷が溶け始めている。今日スーパーで買ったのは、ほうれん草やにんじんなどの野菜のほか、木綿豆腐とマグロの赤身の切り落としだ。スーパーには保冷用に氷を詰めたビニール袋が設置されているが、自宅に帰って冷蔵庫に入れるまでの短時間しかもたない。

毎週水曜日は、一時に公民館へ行き、三時まで「ソープ・カービング講座」を受講し、そのあと受講仲間と少しおしゃべりを楽しんでから、スーパーに寄って夕飯の買い物をして帰る。それが習慣となっている。

いつもは喫茶店にも寄らずに帰るのだが、今日はそんな気にはなれなかった。このままずっと、ここで一人コーヒーを飲んでいたい。

——氷も限界だけど、わたしの心も限界だわ。

指先に氷の冷たさを感じながら、訓子は内心でつぶやいた。家に帰れば、氷よりも冷たい男が待っている。氷のほうが溶けてなくなってしまうだけいい。けれども、三十二年間連れ添っている夫は、溶けて消えてはくれない。

訓子は、人に好かれるほうだと思っている。石けんに彫刻を施して楽しむという趣味で始めた講座では、親しい友達が何人もできたし、結婚したばかりの次男の妻には、「本当のお母さんのような気がします」と言ってもらえた。訓子もお嫁さんを本当の娘のように思っている。バラの花の形に彫った石けんをプレゼントしたら、頬を紅潮させて喜んでいた。住んでいる町の自治会では、「西村さんは信頼できるから」と、二年間会計係を任された。その言葉どおり、周囲の信頼も厚いほうだと自負している。

それなのに、一番近い存在であるはずの夫には好かれていないのだ。いや、「嫌い」とはっきり言われたわけではない。しかし、好かれていないのはその態度でわかる。好きな相手をあれほど無視できるはずがないからだ。

昨日の夕方から夫はひとことも口をきいてくれない。けさも、こちらの「おはよう」に、わざとらしい咳払いが返ってきただけだった。それでも、用意した朝食は仏頂面のまま食べていた。ひとことも会話のないまま、訓子は昼食を用意して家を出ると、公民館で持参したおにぎりを食べて、趣味の講座を受講したのだった。

しかし、いつまでも道草を食っているわけにはいかない。喫茶店を出ると、訓子は重い足取りで自宅に向かった。

ダイニングテーブルの上は片づけられていた。昼食用に作ったバラちらしは食べたということだ。流しに汚れた皿と箸が入っている。洗ってくれてはいない。

定年退職後に再就職した会社も辞め、いざ年金生活に入るという前に、「これからは、あなたも家にいるんだから、食べたお皿をさげるくらいはして。できれば洗いものもお願い」と夫に頼んだ。台所に立ったこともない夫にいきなり「料理を」と頼むのは無理だとわかっていたから、せめてそれくらい、と譲歩した上でのお願いごとだった。今回、夫は汚れた食器を流しに運びはしたものの、洗うのは拒んだのだろう。

――これって、罰のつもりなのね。

さざ波のように胸に生じる苛立ちを覚えながら、訓子は食器を洗った。家の中の物事がすべて自分の思いどおりにおさまっていないと、途端に夫はへそを曲げる。

家事に手抜きや落ち度があるとすれば、それは、すなわち、妻であるおまえのせいだ。責任はとってもらう。だから、自分はおまえに罰を与える。そういう論理が夫の中では成り立っているに違いない。

——まったく子供みたいな人なんだから。

呆れを通り越して、情けなくなる。何度も繰り返してきたことでも、慣れはしない。

昨日の夕方、夫は庭に面した居間で届いたばかりの夕刊を読んでいた。訓子は、台所で夕飯の用意をしていた。

夫の声が聞こえた気はした。だから、手を止めて、「何?」と居間へ顔を振り向け、問うたのだ。

夫は、不機嫌そうな表情で新聞に目を落とし、黙っている。

「何?」と、訓子はふたたび聞いた。何か用事があったから、自分に声をかけたということは察していた。

それまでも、何か話しかけられたときにうわの空でいて、「えっ?」と聞き返したら、「もう、いい」と機嫌を損ねられて、黙り込まれたことは何度も経験していた。

「台所にいると、水を使ったり火を使ったりして、音を立てているから、そっちの声がよく聞こえないのよ」

柔らかい口調を心がけて、夫にもう一度話を繰り返させようとしたところ、

「大事なことは一度しか言わない」

と、お経のような調子の言葉が返ってきた。

そんなセリフを返されたのははじめてだったので、訓子は唖然《あぜん》とした。

「一度しか言わないって、そんなの……」

まるで先生と生徒みたいじゃないの、と続けようとしたら、夫は夕刊を畳んでテーブルに置き、薄暗くなり始めた庭へと出てしまったのだった。

大事なことは一度しか言わない、というからには、もう二度と言うつもりはないのだろう。夫の要求を妻のおまえが必死に脳をフル回転させて察せよ、ということなのだ。

——ばかばかしい。

そう思ったが、言い返すのはやめた。言い返しても、夫の不機嫌さが増すだけで、

何の解決にもならないのはわかっていたからだ。訓子は、ひたすら夫の機嫌が回復するのを待つ。何のきっかけで気分がほぐれるのかわからないが、いつのまにか「無言無視の刑」は解かれている。しかし、通常の状態に戻ったところで、会話が弾まないのに変わりはない。昔から夫は寡黙な人で、必要なこと以外はしゃべらない人間なのだ。話す語彙が少ないから、自らその言葉に重みを持たせ、それが即座に受け入れられないと気分を害するのだろう、と考えたこともあった。

夫は、怒声で威嚇《いかく》したり、暴力を振るったりはしない。したがって、外部の人間には「もの静かで穏やかで性格のいい人」に見えるらしい。

訓子より七つ年上の夫は、訓子が勤めていた会社の取引先の社員で、共通の友人が二人を引き合わせてくれたのだった。

「どんな家庭を作りたいですか?」

見合いの席でそう聞いたとき、

「そうですね。家庭は、家と庭と書きます。だから、庭もあってはじめて家庭になります。将来は庭のある家に住みたいですね」

と、結婚前の夫は答えた。

——へーえ、おもしろい考えをする人だわ。

家庭的な人なのかもしれない。そう思ってしまったのが間違いだった。夫は家庭を愛す人ではなく、文字どおり「庭」が好きなだけの男だった。そういえば、最初のデートは庭の美しい六義園《りくぎえん》で、庭園の歴史や造園の特徴などを熱っぽく語っていたものだ。

夫の希望どおり、庭のある一戸建て——マイホームを千葉県内に購入したのは、下の息子が小学校に上がった年だった。訓子は年子の二人の息子を育てるのに夢中で、夫婦の会話が少ないことはさほど気にはならなかった。というより、気にする暇がないほど家事や育児に忙しかったのかもしれない。

もっとも、口数の少ない夫に何の不満もぶつけなかったわけではない。

家族が揃った夕食の席で、シュウマイにつける練りがらしを切らしていることを夫に指摘されたときは、「あら、ごめんなさい、買い忘れたわ。だけど、今日はPTAの会合があったりして、すごく忙しかったのよ」と、いちおう言い訳をした。

夫は、険しい口調で言い返したり、怒りを露にしたりこそしなかったが、それから翌日まで一切訓子と口をきこうとはしなかった。

「練りがらしくらいで、不機嫌にならなくてもいいじゃない」

翌朝、挨拶を無視されてムッとした訓子は、夫にそう抗議した。それに対して、夫はこう返してきた。「在庫管理ができないおまえが悪い」と。

訓子の夫は、学校教材や事務用品を扱う会社で、長年、商品管理や倉庫管理の仕事を担当してきた。それだけに、在庫切れには敏感になるのだろう、裏方のような地味な仕事だけに鬱憤《うっぷん》がたまることもあるのだろうと思い、「はいはい、わかりました」と、そのとき引き下がってしまったのがよくなかったのかもしれない。

それからは、引き出しのいつもの場所にはさみを戻してなかったとか、洗面所の棚のタオルの畳み方が雑だったとか、細かな落ち度を指摘すると同時に、まるで罰だと言わんばかりに妻を無視するのである。

「お父さん、昨日から何もしゃべってくれないのよ」

と、息子たちに愚痴をぶつけたこともあったが、

「えっ、そう？　もともとお父さん、無口な人じゃん」

「めし、ふろ、くらいしか言わないお父さんって多いみたいだよ。友達もそう言ってた」

二人の息子は、あまり意に介さない様子なのだった。

学校や部活や塾のほかにたくさんある関心事に気をとられて、家庭内の空気がどうとか、夫婦の会話がないとか、そんな大人の事情に気を配る余裕がなかったのだろう。

——男の子って鈍感だから。

訓子は、息子たちに愚痴をこぼすのは諦めて、彼らが巣立ったあとに夫婦の関係が改善されることに期待をかけた。夫婦だけになれば、否が応でも話はするだろうと考えたのだ。

ところが、去年、長男が海外に転勤になって家を出、自宅から通勤していた次男もこの夏、結婚して家を出て二人きりになっても、夫の態度は変わらない。いや、もっとひどくなったようにさえ思える。

——息子たちが家を出て、この家の男は俺一人になった。いままで息子たちに向けていた関心をそっくり俺に向けろ。

訓子は、小うるさくなった夫の心理をそう分析した。そして、それじゃたまらない、と思った。何とかして、夫婦だけになったわが家を自分の力で住みやすい家に改造しなければいけない。息苦しい家から脱したい。

買ったものを冷蔵庫に収納すると、訓子は息を整えて居間へ向かった。

夫の居場所はわかっている。思ったとおり、夫は居間の掃き出し窓から庭に下りていた。猫の額ほどの狭い庭の手入れをするのが夫の趣味なのだ。草取りを終え、水やりを終えても、ただ庭の草花を眺めているだけで満足するらしい。可憐な草花を愛《め》でる人がなぜ妻を愛せないのか、訓子にはわからない。それとも、口答えすることもない物言わぬ草花だから愛せるのか。

定年後の夫の趣味が外に出て行く類のものであったら、どんなによかったか。自宅の庭いじりが唯一の趣味だというのだから始末が悪い。

「ただいま。シェービングクリーム、買って来たわよ」

白いシュウメイ菊の前で佇んでいる夫の背に、訓子は明るく声をかけた。

夫は振り返り、「ああ」といちおう返事はした。どうやら、無言無視の刑は解かれたらしい。

「あんなことしないで、口があるんだから口で言ってくれればいいじゃない」

だから、そうはっきり言ってやった。

　今日、家を出る前に洗面所に行ったら、棚のところに黄色い付箋が貼ってあり、そこに「クリーム残りわずか」と角ばった字で書いてあるのを見つけたのだった。それで昨日、台所にいた訓子に「洗面所の俺のクリームがなくなりかけてる。買っておいてくれ」と、夫が頼んだことが推測できた。

「言ってもわからんやつには、文書で指示しないとだめだからな」

　またこちらに背を向けて、夫は言う。

「ここは会社じゃないのよ」

　呆れて声が裏返った。注意せよ、という意味なのか、黄色い付箋を使ったのにも腹が立った。

「家だからって無法地帯じゃない。会社と同じ規律はあるさ。規律を守れないルーズな人間がいると、家の中が雑然となる」

「わたしがルーズな人間だと言うの？」

「何度おまえに同じことを言ったか」

「人間だから、うっかり忘れたり、ミスしたりすることはあるじゃない。わたしはきっちりと家を守ってきたつもりだけど」

「外から客観的な評価をされたことのない人間は、自分にとことん甘くなる」

「わたしがそうだって意味？」

「ああ」

「だったら、これからは、自分のものは自分で買って来ればいいじゃない。ずっと家にいるんだから。自分が使うクリームがどこで売っているかわからないのだったら、教えてあげるわ。ドラッグストアの名前も場所も」

思いきって腹にたまっていたものを吐き出した。夫が愛用するひげ剃りあとのクリームを、スーパーに併設されているドラッグストアで買って来たのだ。そのセリフに気色ばんだらしく、夫は振り返った。その顔はさすがに少しこわばっていたが、「それは俺の仕事じゃない、おまえの仕事だろう」と言い返した口調は冷静そのものだった。

声を荒らげたり、ものを投げつけたりしてくれれば、それはそれで「暴力的な言葉を投げつけられた」とか「モラハラやDVに遭った」と、堂々と誰かに訴えることもできる。だが、果たして夫の自分に対する言動がモラハラに相当するものかどうか、訓子は判断しかねているのである。最近読んだ本には、「夫が妻を無視する行為も、それが妻にとって精神的苦痛であれば「モラハラ」と書いてあったから、モラハラになるのだと思う。しかし、誰かに訴えたところで、同情されるとは思えない。

「きちんと生活費を入れてくれて、マイホームも買って、定年までまじめに働いてくれたんでしょう？　息子さん二人もちゃんと育って、巣立ったし。ちょっとくらい無愛想でも仕方ないじゃないの。いまさらご主人の性格は変えられないから、あなたはあなたで自分自身の生活を楽しみなさいよ」

受講仲間に夫への不満を漏らしたとき、返ってきた言葉がそれだった。

――そうよね、息子二人がまっすぐに育ってくれたのが、わたしにとっての財産かもしれない。

そう思って、深いため息をつくと、それ以上夫に抗弁するのはやめて、訓子は台所に戻った。家出でもしてやろうかと思った。だが、行くあてがない。両親はすでに他界して、実家そのものがない。金沢に姉の家族が住んでいるが、まだ義兄の母親が健在なところに、もう孫も二人いる四世代の大所帯である。押しかけても迷惑なだけだ。次男の新婚家庭に行くわけにはいかない。

――食事作りをボイコットしてやろうか。

そんな抗議の方法も考えたが、一人分作るのも二人分作るのも同じ手間だ。食材をあまらせるのももったいない。

妻が食事の用意をして、それを食べるのが夫の仕事。夫の頭にはそう刷り込まれているらしく、ご機嫌斜めであろうと訓子の作った夕食を無言で食べる。「まずい」とも「味が薄い」とも何とも言わず、ただ黙ってひたすらもぐもぐと口を動かす。

年齢相応に歯茎が緩んできたのか、息子たちとは明らかに違うその年寄りくさいくぐもった咀嚼《そしゃく》音を耳にしているうちに、訓子の胸のうちにどす黒い膿《うみ》のようなものがたまっていく。

「何か話すことはないの？」

そう聞いてみたが、こもった咀嚼音が返ってきただけだった。

やはり、さっき、自分の愛する庭で妻に思いのたけをぶちまけられたのに気分を害して、無言無視の刑を執行することに決めたのだろう。

――息の詰まるような生活がこれからも続くなんて……。

生活を改善する気もない人と一緒にいたくはない。こんな潤いのない地獄みたいな生活、もう耐えられない。

　食べ終えた夫が食器を流しに運び、くつろぐために居間に移ったのを見て、訓子はゆるゆると頭を何度も振った。離婚を切り出したとして、夫は応じてくれるだろうか。「離婚する理由がないだろう」と言われたら、理路整然と理由を説明する自信がない。運よく離婚できたとしても、年金の妻への分与は期待できないだろう。「母さん、アラ還だよ。ずっと専業主婦できて、いまさら離婚？　考え直したほうがいいよ」などと諭され、息子たちの理解も得られないだろう。息子たちに迷惑をかけたくはない。

　友達には恵まれている。電車に三十分も乗れば、次男の隼人《はやと》とその妻の郁美《いくみ》が住む街がある。スーパーも公民館も病院も図書館も徒歩圏内にある。街には公園が多く、緑に囲まれている。外壁を塗り替えたばかりの家そのものは気に入っている。できれば、庭を夫にくれてやって、建物だけもらいたいくらいだ。夫以外は何の不満もない抜群の環境なのに、と訓子は思った。

「本当に、夫以外に不満はないのに」

　居間の夫に聞こえないように蛇口の水の勢いを強くして、そう声に出してみる。

何度かぶつぶつつぶやいているうちに、いつしかそれは「夫さえいなければ」に変わっていった。

2

「何だ、夕飯食べて行かないのか？」

じゃあ、と玄関に向かった西村郁美を引き止めたのは、義母ではなく父だった。

「家でやることがあるから」

「隼人君、今日は会合で食べて帰るんだろう？」

隼人というのは、郁美がこの夏結婚した相手である。ＩＴ企業でシステムエンジニアとして働いている。

「うん。だけど、いい。やっぱり、帰る」

父から父の後ろに立っている義母へと視線を流して、郁美は言った。義母はこちらに笑顔を向けてはいるが、その赤い唇から義理の娘を引き止める言葉は出てこない。

実家から自宅への帰り道、郁美は、父の再婚後、一度も実家で三人で食卓を囲んだことがないのを改めて思い出した。義理の母となった人が「ご飯、一緒に食べましょう」と、誘ってくれないことには長居はしづらい。

郁美は、父が再婚する前から都内で一人暮らしをしていて、そんなに頻繁《ひんぱん》に実家に帰るほうではなかった。だが、実家にはまだ自分の部屋があったから、冬物の衣類やスーツケースを置いたりなどトランクルームがわりにしていた部分はあった。けれども、義母という他人が入って来てからは、実家とはいえ、足を踏み入れるのに勇気がいる。自身も結婚したので、実家にあったすべての自分の荷物は新居に運んだつもりでいた。冬の到来を前に、ダウンコートが置いたままなのを思い出して、それを取りに久しぶりに実家に行ったのだった。

夕飯どきだったので、「食べて行かないか」と父に誘われたわけだが、郁美が見たところ、義母が台所に立つ気配はなかった。「家で食べるより外食のほうが好きな人なんだ」とは父から聞いていた。

――わたしは、あの人に嫌われているとまではいかなくとも、煙たがられてはいるだろうな。

郁美は、そう感じている。

郁美も義母のことを疎んじている。だが、義母のことなどどうでもいいとも思っている。胸の中に憤懣《ふんまん》がたまっているとすれば、それは、父に向けてのものだった。

郁美の母が病気で亡くなったのは、十五年前。郁美が高校一年生のときだった。大好きな母だったから、郁美ももちろん深く悲しんだが、それよりも愛するパートナーを失って嘆き悲しむ父の姿を見るのが何よりもつらく、胸が痛かった。

「お父さんは、お母さん以上の女性を知らない。お母さんは理想の女性だよ」

と、歯の浮くようなセリフを娘の前で平気で言うような父だった。

「生まれ変わっても、またお母さんと結婚したい?」

小学生の郁美がそう質問したとき、

「あたりまえだよ。お母さんでなければだめだ。お母さん以外の女性と一緒になるなんて、考えられないよ」

と、父ははっきり答えたのだった。

母の死後、母のかわりに家事を引き受けたのが、夫を亡くしたあと一人暮らしをしていた父方の祖母である。その祖母は、郁美が大学を卒業して就職した年に亡くなった。

総合職として玩具会社に就職した郁美は、実家から通勤していたが、仕事が忙しくなり、帰宅時間が深夜に及ぶに至って、通いやすいところにアパートを借りて独立することに決めた。それが三年前だったが、それに合わせるように父が再婚を決めたので驚いた。

「相手はどんな人なの？」

「司法書士の仕事をしている人だよ」

「あちらも再婚？」

「いや、彼女は初婚だ。ずっと仕事ひと筋できて、結婚を考える暇などなかったらしい」

「それで、どうやって知り合ったの？」

「それは、その……ある集まりでね」

父は言葉を濁したが、それが独身の男女が集まるパーティーだったことがあとでわかった。要するに、父も義母も婚活をしていたのだ。「お母さん以外の女性と一緒になるなんて、考えられないよ」と言っていた父が婚活をしていたのも許せなかったが、亡くなった母と正反対の女性を選んだことも、郁美は許せなかった。

死んだ母は家庭的な人で、料理が得意だった。冷凍食品などは買わず、おやつもすべて手作りしていた。「本当はもっと子供がほしかったのよ」と、病気になったときに漏らしたものだ。郁美を産む前に一度流産したのだという。「あなたにきょうだいを作ってあげられなくて、ごめんね。きょうだいがいたら、この先、心強いのにね」と、自分の余命があとわずかだというのに、郁美の将来の心配ばかりしていた。「子供のために家にいるお母さんでいてあげたい」と、病気になるまでは自宅で近所の子供たちに書道を教えていた。

ふっくら丸顔で小柄な母に対して、父が二度目の妻に選んだ女性は、細面で長身だった。しかも、母は父と同い年だったが、義母は父より十歳も年下なのだ。死んだ妻を「理想の女性」と表現したくせに、真逆の年格好の女性をなぜまた妻に迎えられるのか。郁美は、父の心理が理解できない。

しかし、夫の隼人は違うようで、「お義父さんも本音では寂しかったんだよ。人間は、日々成長するものだからね、昔の理想といまの理想が違うなんてことはよくあるさ」と、再婚した郁美の父を擁護していた。

――まあね、お父さんが幸せであれば、それでいいんだけどね。

そう自分の胸に言い聞かせた郁美は、ふと、結婚の挨拶をしに隼人の実家に行ったときの光景を思い出した。

3

「隼人のお母さん、幸せなのかしら」

午前零時が迫ったころ、ようやく帰宅した隼人に、郁美は聞いてみた。夫の実家に行ったときのことが頭から離れないでいた。義母の訓子から贈られた石けんのバラの置物がキッチンカウンターに飾ってあるせいで、余計、想起させられてしまうのかもしれない。それは、石けんとは思えないほど精巧な彫り物で、淡いピンク色のバラを見るたびに、郁美は義母の細やかさとやさしさに思いを馳せるのだった。

「何だよ、いきなり」

風呂に入ろうとしていた隼人は、苦笑を返してきた。

「いままで言わなかったけど、隼人の実家に行ったとき、ちょっと気になったことがあってね」

「何？」

隼人は、パジャマを抱えたまま居間に戻る。

「お義母さん、何だか楽しそうに見えなかったから」

「そんなことないよ。母さんは、ぼくたちの結婚をすごく喜んでいたよ」

「そういう意味じゃないの。隼人のお父さんとの生活、つまり、夫婦二人の生活が楽しそうじゃなかったって意味」

「へーえ、そうかな。郁美はどんなふうに感じたの？」

「お義母さんがお義父さんにすごく気を遣っていたように見えたわ」

「そういう家庭は多いんじゃないの？　父さんは六十五、母さんは五十八だから、男女雇用機会均等法世代じゃないよ。亭主関白とまではいかなくとも、まだ家の中では夫の意見が尊重される時代だったかな」

「そうかもしれないけど」

と、郁美は口ごもった。自分たちのような「友達夫婦」には見えなかったのは、世代的に納得できる。

隼人の父親の妻に対する口のきき方がひどかったわけではなかった。けれども、ちょっとした言動が気になったのだった。

たとえば、二人で挨拶《あいさつ》に行き、通された居間に、隼人の母親がお茶のセットを運んで来たとき。それは、コーヒーと手みやげに持参したパウンドケーキだったが、一度テーブルにそれらを置いてから、隼人の母親は「あら、ミルクがないわね」と、台所に取りに戻った。そのとき、隼人の父親が「すみませんね。段取りが悪くて」と、真顔で郁美に謝罪したのである。笑顔での言葉であれば、「いえいえ」と、郁美も笑って返せたかもしれない。ところが、まじめな表情だったことにうろたえてしまった。そして、ミルク入れを持って戻った妻に、隼人の父親は「用意周到にしないとね」と、まるで、先生が生徒を注意するように、小声でたしなめるように言ったのだ。

隣にいた隼人は気にならなかった様子で、出された好物のパウンドケーキをぱくぱく食べていた。

「ああ、あのときのこと?」

引っかかりを覚えた隼人の父親の言動について説明すると、「それは、うちの父親の癖《くせ》みたいなもので、個性だよ」と、隼人は答えて笑った。

「癖や個性だとしても、四六時中、一緒にいると気にならないかしら。家事の細かな作業にいろいろ口出しされているとしたら、気が休まらないものよ。お義母さん、傷ついたりしていない？」

「大丈夫だと思うよ。確かに、父さんは昔から几帳面で無口な人で、笑顔も少ない人だったけど、人を怒鳴ったり、ものを壊したりするような暴力的な人じゃなかったからね。母さんを怒鳴ったところなんて一度も見たことないし」

「怒鳴ったりものを投げたりしなくても、ちくちく小言を言ったり、無視したりするのも態度や言葉による暴力になるのよ」

「ああ、モラハラのことだろう？　うちの両親はその心配はないと思うけど……」

と言いかけた隼人は、「そういえば」と何か思い出した表情になって、こう続けた。「中学生のころだったか、母さんが兄貴やぼくに『お父さんが昨日から何もしゃべってくれない』と、こぼしたことがあったな」

「そのとき、お義母さんはどんな様子だったの？」

「しょうがないな、って顔してたかな。だけど、何日かしたら、普通に夫婦で話していたように思うよ。といっても、おしゃべりしてたって感じじゃなかったけどね。よく憶えてないけど、世の中、いろんな夫婦がいるだろう？」

隼人の細かなことにこだわらない大らかな性格を、郁美は好きになった。裏返せば、それは、隼人が両親の関係性に無頓着だったということかもしれない。

「お義父さん、隼人に対してはどうだったの？　うるさい人だった？」

「小さいころは、仕事が忙しくて、一緒に遊んでもらった記憶はあんまりないね。小学校に上がる前から、兄貴もぼくも少年野球チームに入って、母さんのほうがすごく忙しそうだったね。いろんな当番をしたり、お弁当作ったり、送り迎えしたり」

「専業主婦じゃないと、そこまで手が回らないよね」

「まあね。家の中のことは、みんな、母親がするって家庭だったかな。父親が買い物する姿は見たことないしね。父親の意思は母親経由でぼくたちに、って形でね。父さんから直接、『勉強しろ』って言われた憶えもないな」

「そう」

隼人から間接的に仕入れた情報をもとに、郁美は、隼人の母親がいまどんな精神状態にあるのかに思いを巡らせた。

隼人の母親をひと目見て、〈この人とは相性がいい〉と、郁美は直感した。父に再婚相手を紹介されたときとは正反対の印象を持った。だから、初対面の相手に、「本当のお母さんのような気がします」と言ったのだ。その言葉にうそはない。

打算的と非難されるかもしれないが、郁美には理想とする人生設計がある。勤務する玩具会社では扱う商品が幼児対象のものが多いせいか、育児休業の権利が保障されていて、育休中の女性が何人かいる。育休が明けて、職場に復帰した女性たちもいる。居心地のいい職場と言えるだろう。だが、彼女たちを見ていて痛感するのは、子供の保育園の送迎を手伝ってくれたり、子供が熱を出したりしたときなどに預かってくれる実母が近くに住んでいるケースが多いことだ。

一人っ子として育った郁美は、できれば子供は二人ほしいと思っているし、その点は隼人と一致している。

――お父さんの再婚相手には頼れない。

あの人を「お義母さん」とは呼べない。「お義母さん」と呼べるのは、隼人の母親だけだ。二人の息子を立派に育てたあのお義母さんであれば、育児や家事はお手のものだろう。近い将来、子供が生まれたときに頼もしい存在になるのは間違いない。彼女なしでは、家庭と仕事の両立は実現できない、と郁美は思っている。

——お義母さんの協力を得るためには、まず、あの偏屈で気むずかしそうなお義父さんの理解を得ないといけない。

隼人に言うのは控えているが、そう目論んでいるのである。

——俺の身の回りの世話をするのが妻の仕事だ。孫の世話などに妻は貸し出せない。

隼人の父親がそこまで偏狭な考えをする男なのかどうか、確かめないといけない。

郁美は、今度は、女同士、訓子と二人だけで会おうと考えていた。

4

自転車をこぎ始めて、訓子はハッとした。前かごに入れた荷物をネットで覆《おお》うのを忘れている。

——いけない、いけない。

最近、近所でひったくり事件が起きたばかりなのだ。公民館で講習を受けたあと、スーパーで買い物をした帰りである。訓子は、講習道具を入れたバッグと食料品を詰めたトートバッグをしっかりネットで覆うと、ふたたび自転車に乗った。

心ここにあらずの自分を反省する。受講中もついぼんやりしていて、講師に彫刻刀の持ち方を注意されてしまった。「彫刻刀の刃は凶器にもなりますからね。気をつけて扱ってください」と、いつも言われているのに。

昨日、隼人の妻の郁美から「二人だけで会いたいのですが。お話があります」と、電話がかかってきた。「二人だけ」という表現に、訓子は引っかかった。新婚生活をスタートさせてまだ三か月だというのに、もう夫婦間で何か深刻な問題が生じたのだろうか。夫には言えないことを、夫の母親であるわたしに訴えるつもりなのだろうか。そんなふうに気を回してしまい、不安が募って、何をやっても気もそぞろ状態になってしまう。隼人の妻——お嫁さんとは仲よくやっていけそうな気がしていたが、それはひとりよがりの考えだったのだろうか。

訓子は、郁美ともっと会う機会を増やしたいとは思っていた。けれども、自宅に遊びに来られることにはためらいも覚えている。あの愛想のない夫と向き合って、楽しいはずがないと思えるからだ。隼人と揃って自宅に挨拶に来たときも、夫は訓子のもてなしの仕方に細かく文句をつけていた。

――郁美さんの目にはどう映ったかしら。

苦手なお義父さんだわ、と思ったかもしれない。それとも、隼人同様に細かなことは気にならない性格の女性だろうか。訓子の中では、郁美のことをもっと知りたい気持ちが高まっている。

「ねえ、あちらのご両親とお父さんとお母さんと、あなたたちも交えて、顔合わせする場を設けたほうがいいんじゃないの？」

結婚式は挙げず、入籍だけする。披露宴は、双方の友人知人を呼んで、会費制でこぢんまりとやる。隼人からそう聞いたとき、訓子は、親同士の会食を提案した。

すると、隼人はこう答えた。

「ぼくもそう提案してみたんだけど、彼女が嫌がるんだよ。ほら、彼女のところは、お父さんが再婚しているだろ？　義理のお母さんとしっくりいってないらしくてね。三人で食事をしたこともないとか」

父親の再婚相手を敬遠しているのであれば、余計、自分は「お義母さん」として彼女と親密になりたい、と訓子は望んだ。高校生のときに実母を亡くしているというから、これからは、自分が本当の母親がわりになってあげたい。だから、「二人だけで会いたい」と、郁美のほうから接近してきたのは喜ばしいことではあった。だが、話の中身が気になって仕方がない。よい内容であればいいが、悪い内容だったら……。

頭の中が息子夫婦のことでいっぱいになっていたのだろう。車道の歩道寄りを走っていた訓子は、突然、左側の路地から車の鼻先がのぞいたのに驚いて、バランスを崩してしまった。前かごの荷物が左に寄り、その重さで自転車が横倒しになった。悪いことに、ワイドパンツの広がった裾が後輪のチェーンに引っかかり、訓子は自転車ごと道路に倒れ込み、その拍子にアスファルトで側頭部を打った。

「大丈夫ですか?」

通行人が駆け寄って来る。続いて、停止した車から運転手の女性が降りて来る。

「わたし、ぶつかってませんよね?」

運転していた女性は震える声で言い、「そうですよね?」と、通行人に同意を求めた。

「ええ、ぶつかってはいません。車が飛び出してもいません。ちゃんと一時停止で止まったのを、目撃してましたから」

通行人の女性が言った。

「すみません、大丈夫です」

自転車を起こしながら、訓子は反射的に謝った。ぶつかっていないのは事実だし、広い車道の手前で停止したのも事実なので、下手に出ざるをえなかったのだ。だが、手の甲にすり傷を作り、頭を打ったのも事実である。怪我がないかどうか、もっと心配してくれてもいいのに、と思った。

――ぼさっとしていたわたしが悪いのよね。

時間を節約するために、自転車で来てしまった自分がいけないのだ、と自戒する。

しばらく自転車を押しながら歩いて、大したダメージを身体に受けていないことを確認すると、訓子は自転車に乗って自宅へ向かった。

5

自転車に乗っていたときは、緊張感も手伝って頭が冴えていたのだろう。

自宅に着いて、カーポートの脇に自転車を置き、かさばるトートバッグと講習道具を入れたバッグを持って玄関に入ったときには、頭の中に黒い雲がたちこめたようになっていた。

身体がひどく重い。洗面所へ行き、怪我の具合を確かめる。こめかみの少し上が赤く腫《は》れてはいるが、出血は見られない。

——頭を打ったといっても、ひどく打ったわけじゃないし、顔の一部みたいなものだから、大丈夫よね。

そんなふうに自分を納得させて、居間に行き、手の甲のすりむいたところに絆創《ばんそう》膏《こう》を貼った。

不意に、猛烈な睡魔に襲われた。すぐ目の前にソファがあったので、訓子は横になった。庭のほうで物音がした気がしたが、身体を起こす気力もないまま、眠りに落ちた。

どれだけの時間、眠っていたのだろうか。

「おい」

という男の声で、訓子は目を開けた。

視野にその顔が飛び込んできた瞬間、息が止まりそうになった。〈怖い〉という感情がこみあげ、喉《のど》を締めつける。

見知らぬ男がそこに立ち、訓子を見下ろしている。

――誰？

声にならない声で、男に問うた。

白髪交じりの男は、眉をひそめてのぞきこんでくる。

上半身を起こそうとしたら、身体の節々が悲鳴を上げた。訓子は、サイドテーブルに手を伸ばし、その手がつかんだものを男めがけて投げつけた。

投げてから気がついたが、それはテレビのリモコンだった。

「何するんだ」

男が腕で顔をかばい、ひるんだ隙に、廊下へ逃げ出した。ここはわたしの家だ。

頭はどんよりと重く、霞《かすみ》がかかったようになっているが、それははっきりと憶えている。

――わたしの家に、見知らぬ男が忍び込んでいる。

そういう状況なのだと認識できた。掃き出し窓の鍵を閉め忘れて眠ってしまったので、泥棒が侵入したに違いない。そういえば、眠りに落ちる前に庭のほうで物音が聞こえた気がするが……。

玄関に放り出されていたトートバッグの一つをつかみ、急いで外へ避難する。若い男ではなく、自分より年配の男のようだったが、相手は男だ。何をされるかわからない。路地を曲がって、人の姿が見えたところで、訓子は立ち止まり、肩で息をした。トートバッグから携帯電話を取り出す。無意識にかけた相手は、息子以外の人物だった。

「郁美さん、大変。うちに泥棒がいるの」

訓子はうわずった声で、隼人の妻に助けを求めた。

6

「こんなことが現実に起きるなんて」

信じられない、とつぶやいて、隼人は大きく首を横に振った。

「でも、お医者さんがそう言ったのよ。いまはそっとしておいてあげたほうがいいわ」

郁美は、和室を見て言った。

「だけどな」

ため息をついて、隼人も和室のほうへ視線を移した。

そこには布団が敷かれ、訓子が寝ている。専門医のいる病院へ連れて行き、ＭＲＩの検査から始まり、細かな検査や問診を受けさせてから、嫌がる訓子を彼女の自宅まで連れて行ったのである。精神的にも体力的にも疲労がたまっているのだろう。

「食欲がない」と言って少し口をつけただけの食事のあと、早めに床に就《つ》いてしまった。

「やっぱり、信じられないな。自分の夫のことを憶えてないなんて」

隼人は、もう一度大きくかぶりを振った。

「でも、お義母さんのあのひどい怯《おび》え方を見たでしょう? あれは尋常じゃなかったわ」

検査の結果、脳に異常がないとわかってホッとした二人は、「知らない男が忍び込んでいるから嫌」と、ためらう訓子を彼女の自宅に連れて行ったが、自分の夫の顔を見るなり、訓子は激しく震え出し、頭を抱え込んでしまった。「頭が割れるように痛い」と訴えたので、困惑する義父を一人残して、自分たちの家に連れ戻ったのだった。

「泥棒なんかじゃなくて、父さんだよ。母さんの夫じゃないか」

自宅に連れ帰ってから、隼人は、家族写真を見せながら一生懸命説明していたが、「違う。あの人は夫なんかじゃない。わたしの夫はとっくに亡くなったもの」と、訓子は顔をひきつらせて言い張ったのだった。

「確かに、あれが演技だとは思えない。だけど、脳には異常がなくて、どうしてあんなふうに……」

母さん、どうしちゃったんだよ、あれじゃ、父さんがかわいそう、と隼人は情けない声で続けた。

「お医者さんは、記憶障害の一種だと言ってたわね。いまは頭が混乱して、記憶が混濁しているけど、時間がたてば思い出すかもしれない、って」

「絶対に思い出す、って保証はできない。そうも言ってたよな」

「ええ。希望を持つしかないわ。あせらず、じっくり向き合うしかない。だから、お義母さんにはしばらくここにいてもらいましょうよ」

「だけど、それじゃ、君に負担がかかる。申し訳ないよ」

「そんなことないわ。わたしにとっては、実の母親みたいな存在だもの。全然、負担になんか感じないわ」

「それならいいけど。ぼくたちの生活はどうなるのか。これから、どうすればいいのか。父さんの生活のことだってあるし」

「とりあえず、わたしが二、三日会社を休んでお義母さんの様子を見るわ。記憶障害がどういう部分に出ているのか、家の中に一人にして大丈夫なのかどうか。お義父さんのほうは、まだ六十代で若いんだし、何とかしてもらいましょうよ。会社帰りに買い物して、食料品などを届けるとして、少しずつ自分でもできるように自立を促さないと。いままで、家の中のことはすべて妻に任せっきりだったんでしょう？　定年退職後の夫がそれじゃ、妻はたまらないわ。とにかく、お義母さんがあんな状態じゃ、とてもお義父さんと一緒には生活できないでしょう？」

「まあな、ライオンの檻《おり》にウサギを入れるようなものだからね」

妻が夫の母の面倒を見ることを厭《いと》わないと知って安心したのだろう、隼人の口から冗談が飛び出す余裕も生じた。

「じゃあ、お義父さんのこともお義母さんのことも、二人ひっくるめて気長に見守るということで」

郁美はそう結論づけながら、自分が思い描いていた人生設計にかなり近づいた、と内心でほくそ笑んでいた。

7

「郁美さん、今日は帰りが遅くなるんでしょう？」

エプロンで手を拭《ふ》きながら、訓子が玄関まで郁美を見送る。

「そうですね。会議があるから、八時を過ぎるかもしれません」

「夕飯、用意しておくから。もし長引くようだったら、連絡してね。忙しかったら、メールでいいから」

「はい、そうします」

「隼人は、今日、戻るのよね。じゃあ、隼人の分も」

「お願いします」

「行ってらっしゃい。気をつけて」

手を振られながら見送られ、エレベーターに乗り込むと、郁美は苦笑した。まるで、主婦に見送られる会社員の夫のようだ、と思った。本物の夫の隼人は、一昨日からゲーム関係のイベントで福岡に出張中で、夕方戻る予定になっている。

訓子と同居を始めて、半年になる。生活のリズムもつかめてきた。初対面での第一印象どおり、嫁姑の相性は抜群によかった。長年専業主婦できた訓子は、料理や掃除などの家事を一手に引き受けてくれている。夫の母親なのだから、生活費も安心して渡せる。買い物にも行ってくれるし、留守を託せるので、大いに助かる。以前は、夫婦共働きで、留守中に届く郵便物や宅配便などの受け取りに苦労していたが、訓子がいてくれるおかげで手間が省ける。

――いまの時代、専業主婦は贅沢だと言われるけど、やっぱり、こうして昼間、家に誰かいてくれると便利だわ。

郁美は、訓子という存在のありがたみを実感し、自分の「計画」を一歩進めるときなのでは、と考えている。

出張に行く前の晩、訓子が和室で眠ったのを見届けてから、隼人がこう切り出してきた。

「なあ、母さんがここに来てもう半年だろう？　そろそろ、父さんに関する記憶が戻ってもいいころじゃないか？」

定期的に専門医には診てもらっている。最新の診察では、「高次脳機能障害ではないか」と言われた。脳が損傷され、精密な情報処理がうまくいかなくなることにより、記憶、注意、行動、言語、感情などの機能に障害を残す状態を高次脳機能障害と呼ぶのだという。自転車で転んで側頭部を打ったときに、映像ではとらえられないくらいの小さな傷が脳に生じたのではないか、と医者は推測したが、首をかしげたあとに「心理的な要因も影響しているかもしれませんが」と言い添えた。

「症状には個人差があるし、回復の仕方にも個人差がある。そう言われたでしょう？」

「ああ、うん。だけど、父さんのこと以外は、普通に何でもこなしているじゃないか。料理も掃除も。買い物に行ってもおつりをちゃんともらってくるし、料理の塩加減もちょうどいいし。通える距離だからって、石けんを彫刻する、何とかいう講座にも通っているんだろう？　電車も間違えずに乗れるし、友達のことも忘れてないってことじゃないか。このあいだは、テレビを観ていて、昔の俳優の名前をすら言ったよ。記憶力も悪くない。それなのに、自分の夫のことだけは思い出せないなんて」

「そうね」

　まるで夫だけを拒絶しているみたいに、と郁美は言葉を継ぎたかったが、やめておいた。

「もし、心理的な要因も影響しているのだとしたら、やっぱり、気長に待つしかないと思うの。お義父さんのことを心配しているのだったら、大丈夫よ。もうちゃんと自立しつつあるから」

隼人の父親の近況報告に、郁美は話題を転じた。

最初の一か月間、週に二度の割合で義父のもとに通い、食料品や生活雑貨を届けた。そして、一か月後にそれらを生協から配達してもらう手はずを整えた。すると、郁美の負担はぐっと減った。『男の料理』とか『一人暮らしの簡単料理』などという本を買い与え、週末には一緒に台所に立って料理を教えていたら、もともと素養があったのか、義父はみるみる腕をあげた。

「だけど、父さんは、やっぱり、寂しがっているだろう?」

「そうでもなかったわ。春になって、庭にいろんな花が咲き始めたら、色とりどりの花が慰めになってくれるみたいで」

それは、うそではなかった。居間の窓から庭を眺める義父の表情が以前より柔和なものになっているのに、郁美は気づいたのだった。

「訓子はどうだ? 調子はよさそうか?」

義父は、遠慮がちな口調で郁美に聞いてきた。「俺のことを思い出してくれたか?」とは聞かない義父の心のうちを郁美は慮った。

「ええ、生き生きしていますよ」

と答えておいたが、その皮肉に義父が気づいたかどうか……。

義父母のことを考えながら通勤電車に乗り込むと、座席にお腹の大きな女性が座っていた。バッグにマタニティマークのキーホルダーが下がっているが、それをつけるまでもなく妊婦だとわかる。

――わたしもそろそろ子供がほしいな。

郁美は、まだその萌芽もない腹部を手で押さえながら、未来の家庭を思い描いた。そこには、やはり、夫婦と子供のほかに祖母がいてほしい。訓子の存在は、未来の自分たちの家庭には欠かせないものなのだ。保育園の送り迎えのための人手が必要だし、母親の目が行き届かないところを補う人も必要だ。訓子以外に適任者はいない。

郁美は、さっき、自分を送り出すときの訓子の目の輝きを思い起こした。同性だからだろうか、ふとしたときに見せる訓子の正気の表情に、ここ数日、郁美は気づいている。

しかし、気づいていても、あえて気づかないふりをし続けよう、と決めている。

女同士、自分たちの利害が一致しているからである。

――お義母さんは、最初は、本当に自分の夫のことを思い出せなかったのだろう。郁美は、そう考えていた。心因性のものかもしれないが、夫を拒否したいという気持ちが恐怖の感情を呼び起こし、一時的に夫を「抹殺」してしまったのだろう。だが、混乱していた記憶は徐々に正常に戻り、いまではまったくの正常な状態にあるのかもしれない。

――いまの環境がお義母さんにとって快適なものであり、それにお義母さんが満足しているのだったら……。

それならそれでいい、わたしもいまの環境に満足しているのだから、と郁美は考えているのである。いずれ、自立を果たせた夫の姿に感動し、彼のもとに戻る気持ちになるかもしれないが、そのときはそのときでいい。お義母さんの好きにさせてあげよう。

――でも、願わくは、ずっとこの状態が続いてほしい。

郁美は、座席に座る妊婦のせり出したお腹を見ながら、そう思った。

寿命

1

日本人の平均寿命は、男性が八十歳、女性が八十七歳で、日本は世界一位の長寿国だという。先日、テレビで女性キャスターがそう言っていた。

平均寿命とは、現在〇歳の者が平均あと何年生きられるのかを示した数字だそうだ。今日、オギャア、と生まれた女の子は、世界が平和で心身が健康であれば、この先八十七年生きられる計算になる。

――ならば、わたしは一体、あと何年生きられるのかしら。

照子《てるこ》は、一人になった室内で、短い余生に思いを巡らせた。

＊

居間の電気をつけて、野坂直子《のさかなおこ》は、あれ、と思った。前回来たときより何だか室内が薄暗い気がする。視力が落ちたのか。まばたきを繰り返したが、明るさは変わらない。居間はいちおう日当たりのいい南側に面してはいるが、生い茂った庭木が日差しを遮るため、昼間でも照明が必要になる。

——わたしのいまの精神状態が、この部屋に投影されているのかもしれない。

直子はそう推測して、住人を失った家の中を見回した。前回訪れたのは、三週間前だった。十日に一度は空気を入れ換えるために来ようと決めていたから、少しあいだがあいてしまった。

まず仏間へ行き、両親の遺影に手を合わせた。五年前に父が、半年前に母が他界した。直子の母は、からからとよく笑う明るい性格の女性だった。母がいるだけで周囲は明るくなった。そんな母を失ったこの家が以前より暗く感じられたとしても当然なのだろう。

「絶対にお父さんより長生きするからね。お父さんを看取ってからお母さんも逝《い》く」

それが母の口癖だったが、その言葉どおりに父のほうが先に逝った。七十九歳だった。

父は八年前に脳梗塞《こうそく》で倒れて、半身に麻痺《まひ》が残った。それと同時に、認知症の兆候も現れ始めた。身体の不自由な父の介護をするときも、母は笑顔を絶やさなかった。高齢の母一人に介護を任せてはおけない。直子は、週に一度は帰省するようにしたが、出張や仕事で行けない週もある。そんなときも、「あなたは無理しないで。大事な仕事に精を出してちょうだい」と、母は娘を気遣うのを忘れなかった。

「お母さんは九十歳まで、ううん、百歳までも長生きしてよね」

直子は冗談めかしてそう言ったが、その母も八十二歳の誕生日を過ぎたところで逝ってしまった。

日本人女性の平均寿命が八十七歳と知ったとき、〈何て早く逝ってしまったのだろう〉と、悔やまれてならなかった。亡くなるほんの数日前まで洗濯物を二階のベランダに干したり、庭の草取りをしたり、近くのスーパーに買い物に行ったりと、元気に普通の生活をしていたのである。

離れて暮らしていたとはいえ、定期的に連絡して様子を見ていたつもりだった。血圧が高めで、降圧剤を飲んでいたことは知っていた。

母は外出先で倒れ、病院に運ばれた。連絡を受けた直子が駆けつけたときは、すでに意識のない状態だった。意識が戻らないままに三日後に息を引き取った。死因は、奇《く》しくも父と同じ脳梗塞だった……。

居間の掃《は》き出し窓と台所や風呂場の小窓を開けて、よどんだ空気を新鮮なそれと入れ換える。ひととおり換気を済ませ、各部屋の掃除も終えてから、直子は居間のソファに座ってため息をついた。

——わたし一人で住むには広すぎる家だわ。

だが、定年後は群馬県高崎市のこの家を終《つい》の棲家《すみか》とする、と決めてしまった。売りに出している埼玉県川口市内のマンションには買い手がつきそうだ。

定年退職まであとひと月。その後は、女一人、いままで飼うのを控えてきた猫を飼って、生まれ育った家でゆっくりと老後を送る。そういう計画を立てていた。直子の二歳下の弟は、石油プラント開発の会社でずっと海外赴任を続けている。アメリカ人と結婚して家庭を持っており、実家の相続に関しては姉弟のあいだですでにクリアになっている。

直子が生まれたときは、父方の祖父母が同居していた。父の代になってから一度改築しているから、この先、屋根や外壁を塗り替える程度の修繕で充分住み続けられるだろう。

大学の獣医学部を出て、埼玉県の職員として採用された直子は、いくつかの保健所で食品衛生関係の仕事に携わってきた。レストランや食堂などの飲食店の衛生管理の指導をしたり、スーパーやコンビニに並ぶ弁当や牛乳や菓子などのさまざまな食品について、製造、加工、流通、販売の各過程で、監視、検査、衛生指導を行ったり、食品の安全確保に努めるのが主な仕事である。

長年、堅実な公務員生活を送ってきたから、退職金もそれなりに出るし、年金の支給額も恵まれているほうだろう。マンションが売却できたら収入になる。年金が支給されるまでは、獣医資格を生かした仕事を近場で探すことも考えている。

保健所では食品衛生関係の業務を任されてきたが、配属された部署によっては、保護されて飼い主の現れないペットや野良犬、野良猫などの殺処分を担当せざるをえない場合がある。研修や出張先で、そういう場面に遭遇したことも多々あった。殺処分される犬や猫の光景を目の当たりにした直子は、贖罪《しょくざい》の気持ちも手伝って、定年後は猫を飼って穏やかに暮らしたいと考えたのである。祖父母と暮らしていたころは三毛猫を飼っていたから、ペットがどれだけ人の心を癒《いや》してくれるか、直子は知っている。

「また猫を飼いたい。わたしはもうすっかりおばあちゃんだけど、猫が家にいてくれたら、お互い、相手より長生きしようとがんばるでしょう？」

父が倒れる前に母が笑顔で話していたのを、直子は憶えている。父の介護が始まり、母の夢は実現しないままに終わった。父の死後に飼い始めるのは、さすがに老い先短いから、と諦《あきら》めたのだろう。四年半、母はこの家で一人暮らしをしていた。だから、母が果たせなかった夢を自分がかわりに実現させよう、というささやかな思いもあった。

明日は祝日で、仕事は休みだ。実家に泊まってもいい。けれども、直子はそうしなかった。換気と掃除をしただけで、戸締まりをしっかりして、家を出た。実家に泊まるのは、定年退職後と決めていた。

門までの短い距離を歩くと、足を止めて改めて建物を眺めた。過去の思い出がよみがえる。学歴、仕事、経済力、マンション、と自分の力ですべて手に入れてきた。京都で美術館の学芸員の仕事に就いている一人娘もいる。

――わたしの場合、努力しても手に入れられなかったのは、「夫」だけね。

直子は自嘲ぎみに笑うと、きびすを返した。

2

定年退職のまさにその日に、保健所管内の飲食店で食中毒が発生したというニュースが飛び込んできた。前日に開かれた三十人あまりの食事会のあと、半数以上に下痢や嘔吐《おうと》などの症状が出ているというのだ。ふだんであれば、担当者の直子が応対する。

だが、この日は違った。職員たちがあわただしく駆け回る中で、直子だけが退所時間までぽつんと自席にいた。新たな仕事を与えられても明日がないからだ。今週は、残務整理をするためだけの出勤である。

退所時間になると、若い女性職員が奥から花束を抱えて来て、「長年お疲れさまでした」と、早口で言いながらそそくさと直子に渡した。そのときだけ、その場にいた全員が手を止め、直子を見て頭を下げた。しかし、それも一瞬だった。みんなはすぐに通常業務に戻って行った。

——ああ、わたしはもう必要とされていないんだ。

直子は一抹の寂しさを覚え、職場をあとにした。だが、寂しさを感じたのも一瞬だけで、表に出たら解放感のほうが上回った。送別会は、先週開いてもらっている。もう職場に顔を出すこともないだろう。複雑な家庭の事情もあり、直子は職員たちから距離を置かれていた。

職員専用の駐車場まで行ったところで、「野坂さん」と、さっきの女性職員に役職抜きで呼ばれた。何か忘れ物だろうか、と振り返ると、彼女の傍らに中学生くらいの制服姿の少女がいた。鞄《かばん》を持っているから、学校帰りだろうか。

「この子が野坂さんに用事があるそうです」

退職の日に訪ねて来たから当然知り合いだろう、と解釈したのか、女性職員はそれだけ伝えると、じゃあ、失礼します、と立ち去った。

「何のご用でしょうか」

直子は、ていねいな言葉遣いで少女に尋ねた。

見憶えのない子だが、こちらの記憶にないだけで、相手はしっかり憶えているかもしれない。以前、地元の中学校に頼まれて、保健所の仕事について講演したこともあれば、「総合的な学習の時間」を利用して、職場見学という名目で、教師に引率された中学生が何人か保健所に来たこともある。

しかし、少女が着ている制服は、地元の中学校のものではない。洗練されたデザインのブレザーとプリーツスカートである。

「野坂さん……ですよね？」

すでに確認してあるはずなのに、少女は再度聞いた。

「野坂直子です」

フルネームで答える。

「わたし……」

少女は、口ごもって顔を赤らめる。

「あなたは？」

「花井《はない》です」

少女は、姓だけ名乗った。その姓にも心当たりはない。

「ご用件は何でしょう」

名乗ったきり、言葉を続けないので、直子は苛立ちを覚えた。定年退職後に滑り込みのような形で少女を連れて来た女性職員に対する腹立たしさも、含まれていたかもしれない。

表情をこわばらせ、直子が手にした花束を黙って見つめていた少女は、用件を告げるかわりに、「お誕生日ですか？」と聞いてきた。

「普通はそう思うわよね。でも、違うの。今日でわたしの仕事が終わったの」

誕生日という言葉で苛立ちや腹立たしさが消え、口調もくだけたものになった。

「定年退職って言葉、知ってるでしょう？」

「ええ、知ってます」

花井と名乗った少女の表情もわずかにほぐれた。が、次の瞬間、気を緩《ゆる》めたことを恥じるかのように、少女の口元が引き締まった。「わたしの父を知ってますよね？」

「あなたのお父さん？」

少女の父親というからには、花井姓だろう。花井、花井……。だが、どんな顔も思い浮かばない。

「花井徹史《てつし》と言います」

少女は、今度はフルネームを口にした。だが、やはり、記憶の領域を探っても、顔の輪郭さえ浮かんでこない。

「あなたのお父さんとわたしは、仕事を通じて知り合ったのかしら」

さあ、というふうに、少女は首をかしげた。

「お父さんは、飲食店を経営されている?」

「いいえ」

「スーパーとかコンビニを経営しているとか?」

「違います」

「じゃあ、お父さんは何をされているの?」

「普通のサラリーマンです」

少女はそう答えると、直子を上目遣いに見てから言葉を紡いだ。「いまは、京都に単身赴任してますけど」

「京都?」

ハッと胸をつかれた。娘の由梨《ゆり》の顔が即座に浮かんだ。

〈来週、そっちに行くから。お母さんのご苦労会も兼ねて、一緒にお祝いしようね〉

数日前に、由梨から電話がかかってきたとき、

「そんなに急がなくてもいいわよ、お祝いなんかもっと先でも。こっちは高崎へ行く用事もあるし、家の片づけもあって忙しいし」

と、照れもあって言った直子に、

〈ああ、その……わたしのほうも話したいことがあるから〉

と、由梨は返したものの、「話したいことって何なの？」と問うた直子に、〈会って話すから〉と、内容を話さないままに電話を切ったのだった。

由梨は、今年三十三歳になる。いくらいまの仕事が楽しくて充実しているからといって、色恋沙汰の一つや二つはあってもおかしくない年齢だ。

「あなたはどこに住んでいるの？」

「東京です」

「お父さんは、京都でどんなお仕事をされているの？」

少女は、それには答えたくない、というふうに首を振ると、「わたしの母は、まだ迷っています」と、脈絡もなく話題に母親を登場させた。

「あなたのお父さんとお母さんは……」

しかし、直子の質問を遮《さえぎ》るように、少女は駆け出してしまった。

3

自分の寿命が尽きる日が近づいているのを、照子は全身で感じていた。

さっき直子が帰って、また一人になった。

もう誰も話しかけてはくれない。

――寂しい。

あなたの寿命はあとどれくらい、と教えてくれる人がいたらいいのに、と照子は思う。そしたら、心の準備ができる。けれども、心の準備をしたとして、それが何になるのだろう、とも思う。

――命あるかぎりはせいいっぱい、与えられた使命を果たす努力をしよう。

照子は、今日も孤独の中で、明るく前向きに考える。

＊

「おつき合いしている人がいるんだけど」

娘がそう切り出してきて、

「その人、奥さんも子供もいる人じゃないの？」

と、すかさず母は切り返した。

ダイニングテーブルに、母と娘は向かい合って座っている。定年退職の日から一週間後。由梨が直子のマンションにやって来た。その日はちょうど、「買い手がつきました」と、不動産業者から連絡があった日だった。予定を早めて引っ越しの準備をしなければいけない。

「花井徹史さんって方じゃないの？」

困惑した表情の由梨に言い募ると、

「どうして知ってるの？」

由梨は、ややかすれた声で聞いた。

「退職した日に、花井さんの娘さんが保健所に挨拶《あいさつ》に来たのよ」

「挨拶って……」

由梨の視線が宙をさまよい、椅子から立ち上がりかけたので、

「花井さんに確かめようと思っているんでしょう?」

と、直子は娘の心の動きを読み取った。相手から何も連絡がないとすれば、少女——花井徹史の娘は、直子と会ったことを父親には内緒にしているということだ。

「挨拶という言い方は心臓に悪かったみたいね。あの子の本当の目的はわからない。ただ、あの子の表情を見てわたしにはそう思えたから」

テーブルに身を乗り出して、直子は静かに自分の推理を語った。

「花井さんの家庭は壊れかけているのかもしれない。壊れかけた状態でまだ三人で住んでいるのか、花井さんが家を出て、あの子が母親と一緒にいるのか、それはわからないけど、あの子が心を痛めているのは間違いないと思う。だから、勇気を出して、父親の交際相手の母親のところに行ったのよ。自分の存在を知らしめることが父親たちの暴走を止めること、すなわち、抑止力につながると考えたのかしら。なぜ、父親の交際相手のところに直接行かなかったのか。それは、単純に、彼女が

まだ中学生で、京都へ行くお金がなかっただけなんじゃないかしら。埼玉の川口になら、放課後、東京からでも行ける。少女になぜ、わたしの勤め先がわかったのか。それは、由梨、あなたに聞いたほうが早いかもしれないわね」

由梨は、ムッとしたように顎を突き出して、

「お母さんに言われたくないわ」

と、吐き捨てるように言った。

「あの子を悲しませるようなことをしてはだめよ」

直子は、娘の言葉にちょっとひるんだが、ここで屈してはならない、と下腹に力をこめた。

「お母さんはどうなのよ」

しかし、娘のほうは攻める手を緩めない。「お母さんだって、妻子ある人とつき合っていたじゃないの」

「そうよ」

開き直って、今度は直子が顎を突き出した。「でも、わたしは、あちらの家庭を壊そうとは思わなかった。誰も傷つけたくなかったから。だから、身を引いたわ」

「そんなの……」

　由梨は、言葉に詰まる。

　母と娘は、しばらく睨《にら》み合っていた。

「花井さんは、ちゃんと約束してくれたわ」

　やがて、すねたような声で由梨が口を開いた。「奥さんと別れて、わたしと一緒になると。自分たちの結婚は、最初から間違っていたんだ、ってね」

「彼の言葉を信じてるの？」

「信じてるわ」

「でも、花井さんの娘は、『わたしの母は、まだ迷っています』って言ったのよ」

「そんなの、うそよ！」

　と、由梨はヒステリックに叫んだ。「愛美《まなみ》ちゃんは、中学二年生。多感な年頃でしょう？　あの年頃の子は、平気でうそをつくわ」

「愛美ちゃんって名前なのね」

「お父さんをとられたような気になっているだけよ」

「いまの愛美ちゃんは、確かに情緒不安定かもしれない。だけど、彼女があいう行動をとった理由を考えてみるべきじゃないの？」

花井愛美は、父親の交際相手、いや、不倫相手の母親の前に現れたのだ。その浅はかとも思われる行動の裏には、抗議や嘆願などの意味合いが秘められているのではないか。

「花井さんは誠実な人よ。うそがつけない人なの。だから、わたしの存在も家族に隠さなかったのかもしれない。どうして、お母さんの勤務先があちらに知れたのか、それはよくわからないけど、いつだったか、お母さんのコラムが載った雑誌を彼に渡したことがあったから、うっかり彼が家に置き忘れてしまったのかもしれない。そこに付箋でも貼ってあったのかも。ほら、お母さん、業界誌に頼まれて小さなコラムを書いたことがあったでしょう？」

「なぜ、愛美ちゃんがわたしの勤務先を知っていたか、それはさして重要な問題じゃないわ」

熱っぽくたたみかける由梨の口を封じるように、直子はてのひらを立てた。「大事なのは、奥さんはともかく、娘の愛美ちゃんは、両親の離婚にもあなたたちの交際にも納得できていないということよ。納得してもらうには時間がかかると思うわ」

「待てないのよ！」

由梨は、声を荒らげた。「わたしもう三十三。時間をかけて説得していたら、どんどん年をとっちゃうわ。子供だってほしいし」

「妊娠してるの？」

確かめる声がかすかに震えた。

「まさか」

由梨は、口元を歪めて首をすくめると、「わたしは、お母さんとは違う。あちらの離婚が成立したのを見届けてから、こちらも婚姻届を提出する。妊娠、出産はそれから。きちんと形を整えないと気がすまないの。お母さんみたいな順番無視の非道徳的な生き方だけは、絶対にしたくない」と、皮肉をたっぷりこめて言い返した。

娘の勢いに気圧されて、直子が凍りついていると、

「好きになった人にたまたま妻子がいた。お母さんだって、同じでしょう？」

と、由梨は声を落として続けた。

そのとおりだったので、直子はなおも言い返せずにいた。

「出直したほうがよさそうね」

興奮して肩を上下させた由梨は、すっくと椅子から立ち上がり、バッグをつかんで玄関へ向かった。

一人になって、直子は深いため息をついた。我が強く、言い出したら聞かない娘の性格は百も承知している。

進路を決めるときもそうだった。

「東京の大学にして、ここから通ったらどうなの？　アパート代だってかからないし」

と勧めた直子に、

「わたしが学びたい学科は、京都の大学にしかないの」

由梨は、どうしても京都の大学がいいと譲らず、「お母さんには頼らない。学費だけ出してもらえば、生活費はバイトで賄《まかな》うから」と言い、大学合格後、本当にバイトをかけもちして、独力で生活費を捻出したのだった。

京都の大学でしか学べないというのは、比較芸術史学の分野だったらしく、卒業後は狭き門のポストである学芸員に採用されたのだから、昔から由梨が努力家で勤勉で、学業が優秀なことは母親としても認めている。職場でも優秀な人材として一目置かれていることは容易に想像できる。

——大学から京都に行かせてしまったから、こんなことに……。

後悔の念が胸をよぎったが、いまさらもう遅い。母子家庭で育った由梨が自分のもとを離れたがったのは、母親であるわたしの生き方に反発していたせいだ、と直子はわかっていた。

直子は、結婚しないままに由梨を産んだ。

娘を婚外子にしてしまったという負い目はずっと抱き続けてきた。小中学校で周囲の好奇な視線にさらされたり、いじめに遭《あ》ったりしたことも知っている。だが、負けん気の強い由梨は、黙ってそれらに耐えてきた。そして、雑念を追い払うかのように勉学に励んだ。

プライドが邪魔したのか、自分からは父親のことについて聞かなかった由梨だったが、京都の大学への進学が決まったときに、「あなたの父親はね……」と、直子は打ち明けたのだった。教える義務がある。由梨の大学進学をきっかけに、「大人になってからでも法律的には間に合うだろう。由梨さんを認知するよ」と、相手が言ってきたからだ。

それまで、直子は、彼との面会を頑《かたく》なに拒み続けてきた。父に言われた言葉が頭に引っかかっていた。

――おまえは人の道にはずれたことをしたのだから、それ相応の覚悟で生きていかねばならない。おまえは一生、日陰者でいるべきだ。相手の家族を傷つけることはお父さんが許さん。お父さんの目の黒いうちは、おまえの好き勝手にはさせない。

妻子ある人の子を身ごもり、産むと決心したことを伝えると、母はただただじろいでいただけだったが、父はしっかりとした口調でそう宣言した。それでも、「生まれた子供に罪はない」と言い、娘の仕事に支障が出ないように、娘の産んだ子を自分の妻が預かって面倒を見ることに反対はしなかった。むしろ、温かい目で見守ってくれていた。

自分の父親がどこの誰かわかっても、由梨は無反応で、「会いたい」とは口にしなかった。

したがって、いまに至るまで、由梨は父親とは顔を合わせていない。

仕事も子供も家も手にした直子だが、夫だけは手に入れられなかった。

しかし、そんな直子にも、八年前に戸籍上の「妻」になるチャンスがあったのだった。

4

脳梗塞で倒れた父が自宅療養となって三か月が過ぎたころだった。定期的に開かれる公衆衛生の研修会の会場で、直子は由梨の父親――佐久間《さくま》と会った。佐久間は元厚生省の役人で、退官してからは講演活動を行っていて、医師免許も持っていたから、公の場で顔を合わせても不思議ではなかった。

「ゆっくり話す時間を作ってもらえないかな」と言われ、後日、小料理屋の個室で会う機会を持った。

出会ったときは三十代と二十代だった二人も、いまや六十代と五十代。ふつふつとわき上がるような熱い感情は、すでに直子の中にはなかった。が、好ましい男性であることに変わりはない。彼を尊敬する気持ちは変わらずに、穏やかな愛情を注いでいた。

「妻と別れたんだよ」

唐突に佐久間は切り出すと、「世間では、熟年離婚と言うのかな」とつけ加えて笑った。

「お子さんは？」

彼には息子と娘がいたはずだ。

「とっくに独立しているよ。もう孫もいる」

「そうか。もうおじいちゃんなのね」

直子は時の流れを感じて、ふっと気が抜けた。

「結婚してくれないか」

佐久間は、真顔で言った。

「えっ？」

「聞こえなかった？　結婚してくれないか、と言ったんだよ」

「でも、わたしはもう……」

思いがけないプロポーズに、直子の頭は混乱していた。

「戸籍をきちんとしないことで、由梨さんが屈辱的な思いを味わったり、母と娘のあいだに軋轢《あつれき》があったりするのでは、と思ってね。ぼくの家の問題はほぼ片づいた。遺産の問題も解決済みだし、子供たちだって反対しないだろう。長年、君に肩身の狭い思いをさせてきて申し訳なかったと思っている」

佐久間に深々と頭を下げられて、直子は目頭が熱くなった。家庭があると知りながら好きになった人である。彼の出世を考えて、妊娠したことを告げずに、環境を変えるためにマンションを購入したのである。生まれた由梨を高崎の実家に預けて必死に働き、ローンを組んでマンションを購入したのである。独力で生きることをアピールしたかった。

頭を上げた佐久間は、テーブルの下から小さな箱を取り出した。

蓋を開けて現れたのは、紫色の石のついた指輪だった。おそらくアメジストだろう。

「これ、おふくろの形見なんだ。心から愛せる人に贈るつもりでいた。つまり、君にね」

差し出された指輪を、直子は自分の左手の薬指にはめてみた。サイズが緩くて、石の重みでくるくる回ってしまう。

「だめよ、いただけないわ」

すぐにはずして、佐久間に返した。はめた瞬間、陶然とした気持ちに襲われた自分が怖かった。

「どうして？」

「だって、お母さまの大切な形見でしょう？」

「だから、君に贈りたいんだ」

佐久間は、指輪をテーブルに置いて、直子のほうへ押し戻した。

「実家の父が脳梗塞で倒れて、自宅で療養中なのよ。認知症も進んでいるし。由梨は京都で好きな仕事に没頭しているけど、わたしは母の手伝いをしながら仕事を続けないと……。だから、一緒に住めないわ」

「いますぐ一緒に住めないとだめってわけじゃない。君の生活が落ち着くまで待ってもいいよ。とにかくこの指輪は君が持っていてくれないか。ぼくたちの、そう……愛の証に」

最後の言葉を照れくさそうに口にして、佐久間は強い光を目に宿らせた。

5

佐久間から贈られた指輪を持って向かったのは、高崎の実家だった。ひどく気分が高揚していた。

——これで、晴れてわたしは「妻」になれる？

佐久間は、正式に離婚したという。結婚を阻《はば》む要因はなくなったということだ。「おまえは一生、日陰者でいるべきだ」「お父さんの目の黒いうちは、おまえの好き勝手にはさせない」と語調を強めていた父も、いまや寝たきりに近い状態になっている。いまさら反対はしないだろう。

求婚されたことを報告するために実家に行った直子は、自分の弾んだ明るい気分とは正反対の、室内の薄暗さに驚いた。

——この家って、こんなに暗かったかしら。やっぱり、住む人の心情が反映されているのかしら。

そんなふうに思って、居間の隣の仏間へ目をやった。そこに父のベッドが置かれていて、上半身を起こした父に母が水を飲ませている。老人を老人が介護する大変さは、想像にかたくない。笑顔を絶やさない母ではあるが、しんどさを口にしないだけで、内心では悲鳴を上げているのかもしれない。

「ああ、由梨、来たのか」

と、母の肩越しに父が声をかけてきた。

「ああ……うん」

呼び間違いを訂正せずに、直子は応じた。最近、父の認知症は一段と進行したようで、娘と孫娘の区別がつかなくなってきている。

父がまどろみ始め、居間と仏間のあいだのふすまが閉められると、「お母さん、見せたいものがあるの」と、直子はバッグから指輪の入った箱を取り出した。指輪をはめて、母の反応をうかがう。

「佐久間さんからもらったの？」

プロポーズされた、と告げる前に、母には見破られた。

「お母さん、どうしてわかったの？」

「ずいぶん古いデザインの指輪だから。たぶん、お母さまの形見か何かなんでしょうね」

母の鋭い鑑識眼に感服した直子は、

「佐久間さん、熟年離婚したそうなの。子供たちも独立しているし、遺産の問題も片づいているとか。長年、肩身の狭い思いをさせて申し訳なかった、と謝ってもくれたわ。もう何の障害もない。だから、わたしたちが籍を入れても、もう人の道にはずれたってことにはならないよね？」

父のいる仏間のほうを見やって言った。耳が遠くなった父に話し声が聞こえるはずはない。それ以前に、認知症のせいで理解力が乏しくなっているだろう。

「それはどうかしら」

「お母さんは、わたしたちの結婚に反対なの？」

「反対も何も、五十を過ぎた娘だもの、口を挟むつもりはないわ」

反対か賛成か、立場を明確にせずに、母はあいまいに答えた。

「お父さんは大丈夫よね？　ほら、だいぶボケてるし、『お父さんの目の黒いうちは』なんて言うわけない。それだけの元気は残っていそうにないよね」

その直子の言葉に対しては、母は弱い笑みを見せただけだった。

6

指輪がなくなったのに気づいたのは、川口の自宅に戻ってからだった。箱の中から指輪が消えていた。だが、指輪を箱におさめた記憶もなかったから、きっと実家に置き忘れて来たのだろうと思った。

よくよく思い返してみる。こんな光景が脳裏によみがえった。得意げに指輪を母に披露した直子は、指輪をはめたまま洗面所へ行った。手を洗うときに指輪をはずして、洗面台に置いた。そのあとどうしたのかは、よく憶えていない。

けれども、指輪は必ず実家にあるはずだ。

電話で確認すると、「アメジストのあの指輪でしょう?　洗面台にもどこにもなかったわ」と母は言う。

「小さなものだから、どこかにころがり落ちたのかもしれない。隅々まで探してみてよ」

そう頼んだが、

「探したけど、どこにもないわよ」

と返ってきた。

青ざめた直子は、翌日、仕事帰りに高崎に駆けつけた。自分で探せば見つかるだろうと思った。だが、どんなに探しても指輪は見つからなかった。ごみ箱はもとより、そんなはずはないだろう、と疑いながらも、掃除機の中や洗面所の排水管の中まで調べてみたのだ。どこにもない！　目の前が真っ暗になったように思えた。

指輪をなくしたことを、佐久間に黙っているわけにはいかない。どう言い出そうか迷ったが、直接会って素直に謝罪するしかない。

「実家のどこかにあるとは思うんだけど、見つからないの。わたしの不注意でごめんなさい」

正直に打ち明けると、もちろん、佐久間は怒りはしなかったが、「実家に？」と、一瞬眉根を寄せた。

「母も一生懸命探してくれたんだけどね」

「そうか。仕方ないよ」

佐久間は、吹っきれたような笑顔になって、「気にするなよ。いつかどこからかひょっこり出てくるかもしれないからさ」と、逆に落ち込んだ直子を慰めた。

「愛の証」の指輪を紛失したことが別れにつながったのかもしれない、とのちに直子は思ったりした。が、因果関係のほどはわからない。その後も、実家を訪れるたびに、直子はあちこち探した。母にかわって父の介助に当たるとき、シーツをめくって見たり、ベッドの下をのぞいたりしたが、紫色の石のついた指輪は見当たらない。


探し始めて半年たったころだった。佐久間に呼び出されて、直子は都内のホテルのティーラウンジへ行った。

「誤解されるのはいやだから、先に話しておくけどね」

そう前置きして、佐久間は重い口調で言葉を続けた。「別れた妻が入院したんだ。すい臓癌で、だいぶステージが進んでいるという。それで、ぼくが病院に通うことになった。離婚して他人になった人だから、もう面倒を見るような義務も責任もないんだけどね。本人の希望もあったけど、子供たちに懇願されてね。かわいそうだけど、余命を告げられたから、そう長くはもたないと思う。だから、しばらくは連絡がとれない状態になると思うけど……」

「わたしのことなら大丈夫よ。いまは、そちらに専念して」

直子は、こわばった笑顔を作って応じたが、心の中では、そうした彼のやさしさに苛立ちを感じてもいた。

別れた夫がそばにいてくれて心強かったのか、末期だったのにもかかわらず、佐久間の前妻はそれから二年間生き永らえた。

そのあいだ、気になった直子は、彼の前妻が入院しているという病院まで行ってみた。偶然、病院の中庭で、病人を乗せた車椅子を押す佐久間の姿を目撃した。車椅子に乗った前妻に、佐久間はやさしく微笑みながら、何かしきりに語りかけていた。そして、前妻は彼に身体を預けながら、穏やかに微笑み、うなずいていた。別れたとはいえ、長年、夫婦でいた二人である。彼らの足元には長い歴史が刻まれている。

その光景を見たとき、〈わたしは、やっぱり、このままでいい。彼の妻になるのはよそう〉と、直子は心を決めたのだった。

7

「テルちゃん、おいで。ご飯よ」

直子は、皿にキャットフードを盛ると、縁側で寝そべっていた飼い猫を呼んだ。飼い猫はのっそりと起き上がり、皿をめがけて駆け寄って来る。目を細め、無心に餌を食べる飼い猫を見ながら、直子も目を細めた。

高崎に転居してから三か月が、動物愛護センターへ出向き、殺処分寸前だった雄のキジトラを引き取ってからひと月が過ぎた。

飼い猫の名前は、テル。母の明るい笑顔を想起させるものにした。世の中を明るく照らすテルちゃん。

半年間は何もしないでゆっくり過ごして、それから仕事を再開するかどうか考えるつもりでいた。

川口のマンションから高崎の実家に転居するにあたって、実家の片づけにも着手した。時間を見つけては遺品の整理をしている。片づけをしながら、もしかしたらどこからかあの指輪が、と期待しないでもなかった。小さな指輪である。母が気づいていなかっただけで、どこかに紛れ込んでしまった可能性はある。が、いまだに見つからない。もっとも、いまさら見つかっても、それを受け取って、佐久間の求婚に応じるつもりはない。見つかったら返却するだけだ。

佐久間の前妻が亡くなったとき、彼から連絡はあった。直子は、前妻の入院中、病院へ行ったこと、そのとき中庭を二人で散歩する姿を見て、生涯、独身でいようと決めたことを伝えた。

黙って聞いていた佐久間は、最後に「わかった」と言った。それ以来、彼から連絡はない。

この三か月のあいだに朗報ももたらされた。由梨の交際相手、花井徹史の離婚が成立したというのだ。

「せかしたわけじゃないわ。彼と奥さんと愛美ちゃん、三人で話し合って結論を出したのよ。これからもわたしは急がない。結婚は三十五までにできればいいと思ってる」

と、由梨が京都から電話をかけてきた。喜びを抑えようとしても抑えきれずに、弾んだ気持ちが声に表れていた。

父を見送って、母を見送った。娘の結婚も決まった。心配事はもう何もない。人生で得られなかったのは「夫」だけかもしれないが、こうして飼いたかった猫もようやく飼えた。

その飼い猫のテルに留守番を頼んで、スーパーに買い物に出た。買い物から戻ると、もうあたりは暗くなっている。

電気のスイッチを押した瞬間、天井の照明が点滅した。

「あら……」

直子は、居間の天井を見上げた。電気がちらちらしている。居間の照明器具は、四角い笠をはめるタイプのシーリングライトである。いつからこの機種を使っているのか記憶が定かではないが、父が元気だったころからずっと使っていたように思う。使用中の光源はLEDではなくて丸形の蛍光灯。それだけは憶えている。

「もう切れるころかしら」

直子はつぶやいた。川口でも一人暮らしをしていたのに、なぜか実家に越して来てからひとりごとが多くなった。年のせいだろうか。

納戸を見たら、蛍光灯の買い置きがセットであった。蛍光灯を付け替えるために、脚立を運んで来て、それに乗る。

ふと、母親の言葉を思い出す。あれは、時間を見つけては指輪を探しに実家に通っていたころだった。ある日、部屋が明るくなったように思って、そう指摘すると、母は嬉しそうに微笑んで言った。

——あら、いま気づいたの？　心配事があって、なかなか気づかなかったのかしら。このあいだ蛍光灯を取り替えたのよ。お父さんが介護の必要な身体になって、これからはお母さんがしっかりしないといけないからね。年寄りだからって、自分を甘やかしちゃいけないわ。お洗濯も買い物も草取りも蛍光灯の交換も、何でもできることは自分でやらないと。

母ははりきっていた。自分を奮い立たせていたのかもしれない。

「そうか。あなたの寿命は八年だったのね。いままでありがとう」

そう声をかけながら、直子は電気の笠をはずした。

こそっ、と音がした。

笠をはずして中を見る。笠の内側を縁取る木枠の上に、紫色の石のついたあの指輪があった。

——こんなところに隠れていたの？

心臓が波打った。違う。隠れていたのではない。隠されていたのだ。隠したのは……母しかいない。

「お母さんがどうして？」

直子がひとりごつと、それに答えるように脚立の下で、猫のテルが、ニャアオ、と鳴いた。

*

——明子《あきこ》さん、とうとうその日がきたわ。わたしの寿命の尽きる日が。

照子は天井に張りついた姿で、明子の娘の直子を見ながら、天国の明子に話しかけた。もうじきわたしは取りはずされるだろう。周囲を明るく照らすという役目を終え、新しいものと取り替えられる。

——明子さん、いままでありがとう。

八年前、照子に名前をつけてくれたのは、明子だった。

「わたしね、本当は猫が飼いたかったんだけど、いまから飼っても猫より先に寿命が尽きちゃいそうだからやめたの」

慎重に脚立に上って蛍光灯を取り替えながら、明子は楽しそうにひとりごとをつぶやいていた。そして、新しい蛍光灯に向かって、何かひらめいたみたいに「そうだ」と叫んだ。

「猫のかわりにあなたに名前をつけようかしら。わたしが明子だから、あなたもできれば思いきり明るい名前がいいわね。そう、照子とか。二人合わせて『照明』。いい名前でしょう?」

それから、明子はことあるごとに天井の照子に話しかけてくれた。庭の百日紅《さるすべり》が咲いただの、今年の夏は暑すぎるだの、肉じゃがを作りすぎただの、歯磨き粉を買い忘れただのと。笑い声もよく立てていた。明子はテレビのお笑い番組が好きで、テレビを指差して笑いころげながら、「ねえ、テルちゃん」と、天井の照子に視線を送ってきたりした。かと思えば、まじめな作りの報道番組とかニュース番組も好きで、真剣な表情で画面に見入っていた。

照子は知っていた。身体で感じていた。明子の本当の思いを。

明子は、娘の直子が忘れて行った指輪を照明器具の笠の中に隠したあと、自分の胸に言い聞かせるように長々とつぶやいていた。

「ねえ、テルちゃん。女って不思議な生き物よね。自分の生き方を否定されたくないこの気持ちは、どこから生まれてくるのかしら。わたしたち夫婦だって、すべてが順調ってわけじゃなかったのよ。直子は知らないけど、若いころ、お父さんは浮気したこともあった。浮気じゃなくて、本気になりかけたこともあった。だけど、家庭を守ることに必死だったわたしは、崩壊するのを何とか食い止めた。わたしは、やっぱり、お父さんが好きだったから。だから、あの人の信念も貫き通してあげたかった。お父さんの目の黒いうちは、娘に勝手なことはさせない。あの言葉どおりにしてあげたかった。亡くなってからも、あの人にかわって、信念を守ってあげたかった。直子には意地悪なことをしたと思う。でも、後悔してないわ。人の家庭を壊して、自分が幸せになる。相手を離婚させて、自分が結婚する。それって、やっぱり人の道にはずれた行いだもの。お父さんの言うとおり、直子は一生日陰者でいるべきよね。直子を見ていて、わたしは、佐久間さんの奥さんに自分を重ね合わせたのかもしれない。娘は母の生き方に反発し、母は娘の生き方に嫉妬する」

明子のひとりごとを聞きながら、照子は自分の身体の器官――部品に「口」に相当するものがないのを恨んだ。できれば、一人暮らしの老女、明子の話し相手になってあげたかった。

明るく点るか、消えて暗くなるか。その二つの表現しか、照子にはできないのだ。

「でもね、テルちゃん。指輪は捨てたわけじゃない。いつかあなたのおうちの中から発見される。それがいつなのかはわからない。わたしが死んだあとか、死ぬ前か。わたしの寿命が尽きるのが先か、あなたの寿命が尽きるのが先か。指輪を見つけたときの直子の顔を見てみたい。二人の愛が本物であれば、指輪が見つかっても見つからなくても、二人の関係は永遠に続くはずでしょう?」

明子は決して意地悪な女性ではなかった。照子は、そのことを伝えられないもどかしさを、天井から取りはずされる前に抱いていた。

最後に大きく一度またたいて、照子は、八年あまりの生涯を閉じた。

ベターハーフ

1

「栗木《くりき》さん、どうぞ」

名前を呼ばれて部屋に入る前に、栗木恵《めぐみ》は、無意識にてのひらを胸に押し当てているのに気づいた。

てのひらの下で脈打っている臓器は心臓に違いないが、恵が探り当てたいのはその周辺にある別の臓器だった。その臓器の正確な位置はいまだにわからない。

緊張のせいか、顔のこわばりを感じながら、恵はカウンセリングルームに入った。

通常の診察室とは違い、壁は淡いピンク色で、机の上にモニターや医学書の並ぶ本棚などは一切置かれていない。

机の前に座っている女性も白衣は着ておらず、清潔な白い襟《えり》のシャツに紺色のカーディガン姿だ。四十代後半くらいだろうか。

「栗木さんは、ご主人に腎臓提供を考えておられるそうですが」

よろしくお願いします、と頭を下げてスツールに座った恵に、胸元に「山根《やまね》」と名札をつけた女性は、大きくうなずいてから切り出した。

彼女の肩書きが「臓器移植コーディネーター」だということは、ホームページで見て知っていた。

インターネットで見つけたこの病院に「臓器移植相談外来」があると知り、レシピエントとなる人間を伴わずにドナーとなる自分だけでも相談が可能かどうか、電話で問い合わせたのだった。「どんな相談にも応じますよ」と返ってきたので、勇気を出して予約したのだが、相談だけとはいえ不安な気持ちは隠せない。

「主人にはまだ何も話していないんです」

それだけではない後ろめたさを抱えて、恵は言った。

「臓器移植についての基本的な知識や、実際にどのようなケースがあるのか、おうかがいしたいと思って」

「そういう方もおられますから、かまいませんよ。何でも質問してください」

山根は笑顔で受けたが、恵が躊躇《ちゅうちょ》している様子なのを見ると、問診表に目を落として自ら質問した。

「栗木恵さんは、現在、二十九歳ですよね。ご主人の拓郎《たくろう》さんは？」

「三十二歳です」

のはずです、と恵は心の中でつけ加えた。

「腎臓の生体間移植を希望とのことですが、ご主人の病状は？」

「腎不全と診断されて、三か月前から人工透析を受けています。週に二回、仕事が終わってから病院に通っています」

「では、お仕事に支障はないのですね？　どんなお仕事を？」

「医療機器を扱う会社に勤めています。仕事柄、夫のような透析患者にとっては理解ある職場だと思います」

「奥さまご自身の体調は？」

「健康なほうだと思います。大きな病気にかかったこともなければ、最近受けた血液検査の結果も異常なしでした」

「お子さんは？」

その質問には、少し間をおいて、いいえ、と答えたが、まだです、と答えるべきだったかもしれない。

「出産のご予定はありますか？」

「できれば。夫に腎臓を一つあげたら、出産は無理ですか?」

そんなことはない、と調べてわかってはいた。だが、あえて問うてみた。

「ドナーとなられた女性が出産されたケースも、その逆のケース、つまり、レシピエントとなられた女性が出産したケースもありますから、大丈夫ですよ。栗木さんご夫婦は、まだお若いですし。もちろん、移植後は、食生活も含めた健康管理などの指導を受けられることをお勧めしますが」

「血液型ですが、夫はA型で、わたしはB型なんです。血液型が違っても、移植はできるんですよね?」

それもすでに調べてある。

「ええ、できますよ」

山根は、笑顔を崩さずにそう受けてから、落ち着きましょう、というように深呼吸をして言葉を継いだ。

「ご夫婦間の生体腎臓移植というのは、どちらか一方の意志で決められるものではありません。奥さまはご主人に移植されることを希望されているようですが、まだそのことをご主人に話してはおられないのですよね? 次は、ぜひ、お二人でいらしてください。生体腎臓移植はむずかしい手術ではありませんが、まったく何の危険性もないというわけではないんです。心にとめておかねばならない注意事項もありますし」

そう言われるであろうことも、当然、予想していた。

「あの……夫婦でなければ、腎臓移植はできないのでしょうか」

次の段階に進むためにした質問に、山根は眉をひそめて、「ご存じかと思いますが」という前置きで受けた。

「腎臓移植には、亡くなった人から腎臓をもらう献腎臓移植と、生体腎臓移植の二種類があります。後者の場合、日本移植学会の規定では、ドナーとなる人の資格は、原則として、親族と配偶者、および三親等以内の姻族に限定されています。親族とは六親等以内の血族を指します」

「親族はわかります。血がつながっているから、臓器を移植したとしても、拒絶反応が起きる可能性は低いと見られているのですよね。それに、血縁者としての心理的なつながりの濃さや倫理上の問題もありますし。でも、なぜ、夫婦もＯＫなんでしょう。なぜ、夫婦なら移植は許されるんでしょう。山根先生は、どうお考えですか？」

「それは……」

山根は、一瞬、視線を宙にさまよわせてから、はっきりした口調でこう答えた。

「さきほど、あなたは、心理的なつながりの濃さ、とおっしゃいましたが、もしかしたら、家族より夫婦のほうが精神的なつながりは濃いと言えるのではないでしょうか。血のつながりもなく、まったくの他人が愛情だけでつながるのですから。いわば、運命共同体と言えます。運命をともにする覚悟を決めた二人ですから、ドナーとレシピエントという親密な関係を築く資格も得られると考えてはどうでしょう。あなたもご主人を心から愛しておられる。人生をともに歩もうと思っておられる。だから、ご自分の健康な腎臓を愛するご主人のために一つ提供しようと決めた。違いますか？」

「ベターハーフ、ですね」

恵は、山根をまっすぐに見てつぶやいた。

――ベターハーフ。自分が必要とするもう一人の存在。天国で一つだった魂は、この世に生まれるときに男性と女性に分けられて、別々に生まれてくるという説がある。だから、現世で、天国にいたときのもう片方の自分に出会うと、身も心もぴたりと相性が合うと言われている。

拓郎の腎臓が機能しなくなり、自分が健康な腎臓を二つ持っていると知ったとき、恵の頭に浮かんだ言葉が「ベターハーフ」だった。健康な腎臓が二つあるのだから、一つを彼にプレゼントすればいい。分けられるものであれば、一つを半分にして分け与えればいい。もともと夫婦として結ばれる男女は、「ベターハーフ」なのだから。それだけのことじゃないか、たいした手間じゃない、とごく自然に思えた。

けれども、それには、大きな問題がある……。

「申し訳ありません」

これ以上、隠し通せない。恵は、深く頭を垂れた。

「うそをついていました。わたしたち、夫婦じゃないんです」

「これから、ご結婚されるところですか？」

山根は、あわてずに穏やかに聞いた。

「いいえ」

「おつき合いを始めたばかりとか？」

「いいえ」

恵は、大きく首を振って言った。

「わたしたち、一年半前に離婚したんです。離婚して、夫と妻という関係でなくなってから、結婚していたときよりもずっとずっといい関係になったんです。ですから、いま、彼に、元夫に、腎臓を一つ提供したいんです。だめですか？」

だめに決まっているが、だめです、とは言わずに、臓器移植コーディネーターの山根は、黙って恵を見つめていた。

2

結婚するまでの交際期間は二年。短いほうでも長いほうでもなかったと思います。別れた夫は、わたしの大学のテニスサークルの先輩で、OBとOGとしてコンパに参加したときに知り合い、交際がスタートしました。

サークルが同じだったし、食べ物の好みも似通っていたし、そのほか映画や音楽の趣味も一緒だったので、デートの場所に迷うこともなかったし、つき合いやすかったんです。関西出身で東京の大学に進学したわたしですけど、都内在住の彼も小さいころは父親の仕事の都合で大阪にいたとか。そのせいか、夢中になると関西弁が飛び出したりして、話していても楽しいんです。

そう、価値観が同じということが結婚の決め手になったんですね。とはいえ、すぐに籍を入れたわけではなく、彼がわたしのアパートに転がりこむ形で、結婚前に同棲生活も経験しました。

結婚生活の予行演習みたいなものだけど、それがわりとスムーズにいったので、婚姻届を出して「夫と妻」になってもうまくいくはずだ、と信じていたんです。

それなのに……。

皮肉なものですよね。法律の上で「夫と妻」になったら、関係がぎくしゃくし出して、わずか二年で結婚生活が破綻してしまうなんて。

原因は何かって?

さあ、何だったんでしょう。自分でもわからないんです。これ、という理由が思い当たらず、感情の小さな行き違いの積み重ねが原因、としか言いようがありません。

やっぱり、趣味や嗜好《しこう》が同じだったから、価値観が似すぎていたんでしょうね。何かが起きたときの反応の仕方や、行動の仕方が似ているんです。たとえば、わたしも夫も友達が多くて、交友関係の幅が広いのは一緒だったんです。共通の友達の場合なら問題はなかったんです。うちに遊びに来てもらって、お鍋を囲んで楽しいひとときを過ごしたりできるから。

でも、どちらか一方しか面識のない友達の場合、二人だけで会うことになりますよね。お互い、会社帰りなどに、そういう気の合う友達と待ち合わせて食事をする機会を持ちたくなります。だけど、家で待っているほうはおもしろくないんですよね。わたしが親しい女友達とカラオケに行って盛り上がって帰った夜、夫は「よかったね。楽しかったみたいだね」と口では言うけど、不機嫌な様子なのがわかるんです。心がささくれだっているというか、ちょっとしたことで突っかかってきたりして。

その逆もあります。彼が休みの日に男同士の飲み会があって酔っ払って帰って来たときは、たまたま部屋が散らかっていて掃除をしたあとだったから、「次の休みは拓郎が掃除してよね」と、つっけんどんに言ったりして。

二年間は子供を作らない。そう決めていたから、二人とも自由に羽根を伸ばせる時期だったんでしょう。

たまたま夫のほうの会社の飲み会や友達とのつき合いが続いたある日、深夜に帰宅した夫に「そっちは三日続きで遅くなったから、明日からわたしも三日続きで遅くなってもいいよね」と、カレンダーを見せて皮肉っぽく言ってやったんです。そしたら、それが気に障ったらしく、「何だよ、細かいやつだな」って、彼は顔を真っ赤にして怒って……。

わたしたち、価値観や考え方が似ていたから、嫌味の言い方も怒り方もすごくよく似ていたんですね。性格が正反対であれば、どちらかが怒ったときに、もう一方が「まあ、まあ」となだめるというやり方もあったんでしょうけど。お互いに歩み寄るとか、譲歩するということを知らなかったみたいで。負けず嫌いな性格も似ていて、自分が悪いときでも素直に「ごめんなさい」と謝れない。

「最近、夕飯のしたくは俺のほうが多くやっているから、今日の片づけは恵だね」って、彼がわたしに夕飯の片づけを全部押しつけようとしたときは、「どうして？　何で一緒にやろうね、って言ってくれないの？」ってむくれてしまったり……。

若かったんです。夫もわたしも同じように生活費を出し合って、対等な関係でいたつもりだったから、生活のバランスが少しでも崩れると、いらいらして相手に不平不満を抱いてしまうんですね。

思いやりがなさすぎたのだと、別れたいまならわかります。

ある日、いつものように些細《ささい》なことを巡って口げんかになったとき、「たまには、妻らしいことをしてみろよ」って、彼が言い放ったんです。「妻らしいこと？　それって何？」と、頭に血が上ったわたしは言い返しました。

そしたら、彼はわたしの手料理のレパートリーが少ないだの、食卓の品数が少ないだの、文句を並べ始めたんです。

料理は早く帰ったほうがする決まりにしていて、家で食べられない場合はメールを入れるようにしていました。それでも、週のうちわたしが四、彼が三の割合で、わたしが作るほうが多かったと思います。

確かに、料理は得意なほうではなかったから、インスタントのみそ汁を出すこともあったけど、それでもお豆腐を入れたりして手をかけていたつもりです。わたしなりに食費の予算内で工夫して、二品以上は作っていたのに、そんなふうに文句を言われるなんてショックでした。彼なんて、焼きそばだけみたいな単品の夕飯を出すくせに。

だから、腹立たしくなって言い返してやったんです。「拓郎も夫なら夫らしいことしてよ。ドアの一つくらい直して」って。

何日も前からバスルームのドアが変な音を立てているのに気づいていて、直してほしいと頼んでいたんです。たぶん、ゴムのパッキングか何かが緩んでいるんじゃないかと思って。そういう建具関係の修繕や生垣を刈ったりするのは、わたしの実家の場合、父親の役目だったから。そしたら、「何で当然のように俺の役目だって決めつけるんだよ」って、彼もまた怒っちゃって……。

似た者同士なんですね。

それから、わたしは部署が変わって忙しくなって帰りが遅くなり、彼のほうはわたしと家で顔をつき合わせるのを避けるように飲み会を入れるようになって、すれ違いの日々が続いて……。

あるとき、「こんなんだったら、一緒にいる意味ないよね。子供もいないし」と、どちらからともなく言い出して、離婚に至ったという次第です。

いま思えば、そのころから彼はお酒に逃げていたのかもしれません。もともと家系的に腎臓の調子はよくなかったみたいだから。

でも、別れてから一年後。偶然、池袋の映画館で会ったとき、たまたま彼がわたしが観ようとしていた映画のチケットを二枚持っていたんです。一緒に観る予定の友達が来られなくなったとかで、二人で観るはめになったんですが、映画の好みも同じだから、観たあとに入った居酒屋でまた会話が弾んで。

女友達といるよりも彼と一緒に映画を観たり、飲んで話したりするほうが、気を遣わなくてすむし、楽しい。そう思っている自分に気がついたんです。

彼のほうも同じように感じたらしく、そのあとも普通にメールで誘ってきたんです。「クリスマスイルミネーション、一緒に見に行かない?」とか、「恵、モネが好きだったよね。西洋美術館のチケットがあるんだけど」とかね。

離婚して、夫と妻、という立場でなくなってからのほうが、相手を思いやれるし、のびのびとつき合えることにお互い気づいたんですね。おかしな話ですけど、身体の隅々まで知っている仲だから妙な安心感があるというか。恋人同士、とはまた違う関係かもしれません。法律上の夫婦になってしまうと、相手に過剰な期待をしてしまうのでしょうね。

別れてはじめて、わたしは彼を「ベターハーフ」だと思うことができたんです。それが、四、五か月前くらいからでしょうか。メールがこなくなったので、こちらからメールしてみたんです。でも、返事がありません。電話しても出てくれません。

──ああ、そうか。彼女ができたのね。それで、わたしを拒否しているのかも。だったら、仕方ない。別れた妻の出番なんかないよね。

わたしは自分にそう言い聞かせて、もう彼とは会わない覚悟をしたんです。

そんなときに、共通の友人から衝撃的な話を聞いてしまったんです。元夫が腎臓を悪くして、どうやら人工透析を受けなければいけなくなったみたいだってね。

驚いたわたしは、直接会社に行って彼を呼び出しました。本人の口から病状を聞きたかったから。会う前に、腎臓移植についても調べて行きました。そういえば、最後に会ったとき、顔色が悪かったから、もっと体調を気遣ってあげればよかった、なんて後悔したりして。

「もうじき、透析が始まるんだ。自業自得だよ。恵と別れてから、むちゃくちゃな生活していたからね」

と、彼は自嘲ぎみに言いました。

「腎臓移植はできないの?」

「『あんたはまだ若いのにかわいそう。わたしのを一つあげる』って、おふくろは泣きながら言ってくれたけど、高血圧だし、持病があるからだめなんだ。おやじは糖尿病だしね」

彼には結婚したお姉さんがいますが、二人目を妊娠中で、とても移植の話をする状況ではないとか。

「大体、人工透析しながらでも普通に仕事をしている人はたくさんいるんだ。人の腎臓を一つもらおうなんて虫がよすぎるよ」

元夫は、笑って首を振ります。

わたしは、〈離婚しなければ、わたしの腎臓を一つ拓郎にあげられたのに〉と、喉まで出かかった言葉を呑み込みました。

いまは、夫婦ではないわたしたち。生体腎臓移植のドナーにもレシピエントにもなる資格はありません。

ドナーになれるのであれば、彼と復縁するという方法もあります。

だけど、わたしは怖いのです。「夫と妻」に戻った途端、いまは良好な二人の関係に予想外の化学反応が起きて、関係が悪化するのではないか。だったら、籍を入れないいまのほうがいいのではないか。でも、そしたら、わたしはドナーにはなれない。

形式上の夫婦になるだけならいいじゃないか、と言われるかもしれませんが、生体腎臓移植の場合は、倫理的な観点からの協議も行われます。移植のためだけに復縁するというのはどうなのか……。形式的なものが心理に及ぼす影響も気になります。

そのあたり、臓器移植コーディネーターの山根先生におうかがいしたくて。

山根先生は、どうお考えですか？

3

「腎臓を提供するためだけに結婚するとしたら、問題があると言わざるをえません。

日本移植学会では、ドナーとレシピエントの関係について事前に調査することがあります。海外で問題になっている臓器売買ビジネスが関与している場合もありますからね」

険しい表情で話し始めた山根は、そこで表情を和らげた。

「でも、栗木さんの場合は違います。ご夫婦でいらしたんですから。離婚に至った経緯もさきほどのお話でわかりました。戸籍上の夫婦になったら、また関係が悪化するのでは、と恐れているようですが、そこまで客観的に分析できていれば、結婚生活の反省を踏まえて、改めて二人で関係を築いていけるのではないでしょうか。もっと自信を持っていいと思いますよ」

「復縁したほうがいい、という意味ですか？」

「ご自分の気持ちに正直になってみてはいかがでしょう。彼のことを愛しているのかどうか、本心を見つめてみては」

恵の質問にストレートには答えずに、山根はそう促した。

「愛している……と思います」

と、恵は言い、しばらく考えてから、「愛しています」と言い切った。

「いまここで、はっきり言えることは、ご夫婦でなければ腎臓移植はできない。それだけです」

愛しています、という言葉を待っていたかのように、山根は、即座にそんな言葉で受けて微笑むと、言葉を続けた。

「復縁を考えるのは、すぐにでなくてもいいと思います。別れたご主人の気持ちも揺れているでしょうから。人工透析によって体調が落ち着いているのであれば、今後のことは時間をかけてじっくり考えたほうがいいでしょう」

「ありがとうございました」

胸のうちではすでに結論を出してはいたが、山根には言わずに、恵は席を立った。

「あの……配偶者に腎臓を提供したあと、離婚する夫婦っているんですか？」

ふと気になって、もう一つ質問してみた。復縁して法律的に夫婦になった上でドナーとレシピエントになり、移植後に結婚を解消する。そういう方法も考えられるからだ。

「ええ、います」

山根は、表情を変えずに答えた。

「守秘義務がありますから、具体的には話せませんが、そういうケースも過去にはありました。妻が夫に腎臓を提供したあと、家庭生活がうまくいかなくなり、離婚に至ったというケースが。海外では、移植した腎臓を返してほしい、と別れた妻に訴えを起こした男性もいます。離婚の原因は、妻の浮気だったということですが」

「それで……返したんですか？」

「いいえ」

山根は、笑って首を振る。

「ですよね」

恵も笑った。返せるはずがない。

「ご自分の身体のことを一番に考えてください」

最後にそう言いながら、山根もまた恵がそうしたように自分の胸にてのひらを押し当てていた。

妻が夫に腎臓を提供したあと、離婚したケースがあるという。

――この臓器移植コーディネーターの女性は、夫婦の形をいくつも見てきたのかもしれない。

そんなふうに想像しながら、恵は退室した。

4

夫はわたしよりひとまわり年上で、知り合ったときは、頼りがいのある大人だな、と思っていましたが、結婚してみると年の差なんてすぐに縮まる、とどこかで聞いたとおりで、手のかかる子供みたいな人でした。

出会いは病院でした。わたしが看護師として勤めていた病院に、主に医療関係の施設に空調機器を設置する会社の営業マンとして夫が出入りしていたのです。

病院勤務の看護師の仕事は激務です。夜勤もあります。子供もほしかったし、将来のことを考えて、わたしは病院を辞めて、個人クリニックの仕事を探しました。仕事が見つかる前に、妊娠がわかったので、しばらくは子育てに専念しようと思いました。

夫が慢性腎炎と診断されたのは、息子が二歳のときでした。

腎炎の場合は、初期の自覚症状がないケースが多いと言われていますが、夫がそうでした。わたしと結婚する前は食生活に気を遣わず、いわゆるジャンクフードと呼ばれるものを食べていたようで、見るからにメタボぎみだったのですが、結婚してからは看護師のわたしが気をつけていたつもりでした。

子供が生まれてからは、煙草もやめさせました。独身時代の不摂生のつけが回ってきて腎臓を病んでしまったのか、それはわかりません。

看護師だから腎臓についての知識はありました。腎臓は、血液中の老廃物をろ過し、尿として排泄《はいせつ》する働きをする臓器で、体内の水分と電解質の調節や、血圧を調節するホルモンや赤血球を作るホルモンの分泌も促す大切な臓器です。

その腎臓の機能が低下するとなれば、人工透析によって血液を浄化するしかありません。わたしも病棟で人工透析の患者をたくさん見てきましたが、血液を交換するために何時間もベッドに固定されるなど、日常生活を送る上での制約は増えます。長期の出張は無理ですし、家族旅行にも出かけられません。

でも、慢性腎炎になってしまったものは仕方ありません。治療を開始してまもなく、夫は人工透析に入りました。夫は体格がよかったので、それだけ体内の血液量も多く、透析にはかなりの時間を要しました。まだ働き盛りです。このままこんな生活が続くようであれば、仕事にも支障が出るのではないか、と不安に襲われました。

生体腎臓移植の知識も併せ持っていたわたしは、それがさほどリスクの大きくない手術だと知っていたので、ためらわずに腎臓を一つ夫に提供することに決めたのです。夫の両親はすでに亡くなっており、きょうだいとも疎遠になっていたので、親族に相談はしませんでした。

息子が三歳になるのを待って、わたしたちは生体腎臓移植の手術をしました。

――注意事項をきっちり守って、健康的な生活を心がけること。

移植した腎臓を一日でも長持ちさせるために、わたしは夫に約束させました。ドナーとなるわたし自身も術後の体調管理は万全にしなければなりません。

移植後、うそのように体調がよくなったのがよほど嬉しかったのでしょう。しばらくは無理をせずに早めに帰宅し、お酒も飲まずにいた夫でしたが、退院して半年が過ぎたある日、しこたまお酒を飲んで帰宅したのです。

「注意事項にあるでしょう？　飲酒に関しては、適度に。飲みすぎないことって」

わたしは、たぶん、目を吊り上げて詰め寄ったと思います。

「男にはさ、つき合いってものがあってね」

呂律《ろれつ》の回らぬ口調で言って、夫が玄関で眠りかけたので、

「だめだめ、かぜひいたらどうするの。早く上がって」

と、あわてて彼の腕を取りました。腎臓移植後は身体の抵抗力が低下しているので、感染症には気をつけないといけないのです。

それに、体重管理はきちんとしていたつもりなのに、夫の体重はじわじわ増えてきていました。カロリー計算した塩分控えめのお弁当を持たせているのに、わたしの目の届かないところで、高カロリーのものや高脂質のものを食べているに違いありません。四六時中、彼を見張っているわけにはいかないのです。

やっとの思いで、夫を居間のソファまで連れて行きました。そこでお説教しようとしたのですが、すでに夫は高いびきをかいています。

仕方がないので、翌日、酔いが覚めてから、わたしは真顔になって夫をたしなめようとしました。妻の怖い形相を見た途端、「わかってる」と、夫はうるさそうにわたしの前で手を振り、大きな声で自らよどみなく注意事項を語り始めたのです。

「身体の抵抗力を弱めないために、規則正しい健康的な生活を心がけましょう。バ

ランスのよい食事を心がけましょう。塩分が多くない、適度なたんぱく量の食事をとるようにしましょう。脂肪分の多い食事では高脂血症になり、動脈硬化が進むので、移植腎にはよくありません。カロリーのとりすぎにも気をつけましょう。喫煙は動脈硬化を促進させるので、禁煙しましょう。お酒の飲みすぎに気をつけましょう。免疫抑制剤の飲み忘れには気をつけましょう。以上」

「わかってるじゃないの」

わたしは呆れた声を出して、水の入ったグラスを差し出しました。水分の補給も彼のような腎臓移植後の身体には必要です。

「わかっていて、どうして、ゆうべのような無茶な飲み方をしたの？」

「だから、ついうっかり」

「会社の人はみんな、あなたの身体のことを知っているでしょう？　まわりの人も気をつけてくれないと」

「ゆうべは、得意先の人との席でね」

「事情を話して、お酒を断ることもできるでしょう？　それができないのはあなたの心が弱いからじゃないの？」

夫は自分の心の弱さを認めたものの、口をへの字に曲げて、

「禁欲生活が続くと、人間、たまにははめをはずしたくなるものでね。煙草もだめ、酒もだめ、甘いものもだめ、じゃな」

と、言い訳してきたのです。

「甘えないで。あなたには家族がいるのよ。その身体、あなた一人だけのものじゃないのよ！」

わたしの声が大きかったのか、寝室で眠っていた息子が泣き出しました。

「わかったよ。規則正しい生活を心がけます。そう約束すればいいんだろう？」

夫は神妙な表情で約束したのですが、わたしには信じられません。

そこで、夫の会社で同じ部署にいる女性に「主人の食生活を監視してください」

と、若い女性が好みそうなスカーフを贈ってひそかに頼んだのです。

その結果、会社に出入りする業者が持って来た菓子折りや、社員の出張みやげの餡子《あんこ》たっぷりの和菓子やバターやクリームをふんだんに使った洋菓子などを、断ることもせずに夫が嬉々として食べていたことがわかりました。しかも、社員に配り

「まあ、そうかも」

終えてあまった分まで食べているというのです。

「カロリー過多で、高脂肪のお菓子をそれだけ食べていたんじゃ、妻のわたしがどんなに食事に気を配っても無駄じゃないの」

報告を受けたわたしは、夫が会社で食べたという甘いもののリストを突きつけました。

夫はひるむどころか、「そうか。おまえは、スパイを送り込むようなまねまでするんだな」と、凄《すご》むような目でわたしを睨《にら》みつけてきたのです。

「あなたの身体が心配だからじゃないの」

「おまえが心配なのは、俺の身体じゃなくて、自分の腎臓だろう？」

「わたしの腎臓？」

「この中のさ」

と、夫は自分の胸に握りこぶしを当てて、苛立ちをぶつけるように強く押しながら下にずらしました。

「おかしな言い方しないでよ」

「本当のことだろう。おまえの腎臓がこの中にあるせいで、何だかいつもおまえに支配されているような気がするんだよな」

——わたしが夫を支配している？

その表現に、わたしは愕然としました。それでたまったストレスを、会社で甘いものに手を伸ばすことによって発散させているというのでしょうか。

「わたしだって我慢しているのよ」

だから、つい、こっちもたまっていた鬱憤を口にしてしまいました。

「健康な腎臓が一つあれば、移植前とほとんど変わらない生活ができると思っていたわ。だけど、違った。前よりもずっと疲れやすくなったし、身体のバランスが崩れたのか、肩こりもひどくなった。肌が荒れて、お化粧ののりまで悪くなった気がする。でも、そんなことは、あなたに比べたら、取るに足らないこと。あなたのほうが制限されている事項が多いし、たくさん薬も飲まなければいけない」

それでも、最後に、「そういう身体でわたしたち家族のために一生懸命働いてくれているんだから、感謝してるのよ」と、つけ加えはしました。

「わかってるよ」

夫も言いすぎたことを反省したらしく、その場は「ごめん」と謝ってくれたのですが……。

本音をぶつけ合って、気まずくなったわたしたちです。わだかまりはそれからも引きずっていました。

気がついたら、夫は自分の逃げ場所を作っていました。家庭以外に安らぎの場を見つけたんです。口うるさい妻のいる家庭ではくつろげないので、かわりの甘えられる女性を探していたのかもしれません。

夫と親密な関係になった女性は、夫より二歳年下。つまり、わたしより十歳年上の一人暮らしの女性でした。

夫の心が自分から離れてしまったと悟ったわたしは、息子が五歳のときに離婚しました。看護師の仕事をしながら、シングルマザーとして息子を育てる覚悟を決めたのです。

離婚しても、父親と息子の縁は切れません。夫は息子のことはかわいがっていたので、離婚後も養育費はきちんと払ってくれていますし、月に一度は息子と会っています。

——離婚するとわかっていたら、腎臓をあげなければよかった。

そんなふうに考えたことはありません。一度は愛した人ですし、息子の父親でもある人ですから。

別れてからも、移植した腎臓を大切にして、なるべく長期間機能させてほしい。そう望んでいます。

新しい奥さんにも、元夫の健康管理はきちんとしてほしいと願っています。

先生、今日はお話を聞いてくださり、ありがとうございました。心のうちを吐き出したので、少し心が軽くなった気がします。

5

「残念ですが、腎臓の機能はだいぶ低下しています。このままだと、いずれまた人工透析の生活に入ることになると予想されます」

医師は、検査結果を見ながら、ひと組の夫婦に説明を始めた。

「ご主人が腎臓移植をされたのは、これを見ると……十八年前だったのですね。十八年も機能してくれたことに感謝すべきかもしれませんね」

「はい、そう思います」

と、夫はうなずいた。「移植後、しばらくは摂生に努めていたつもりでしたが、調子がよくなりすぎたせいか、途中からたがはずれてしまって、暴飲暴食をしていましたから。よく十八年ももった、と思っています」

「奥さまにも感謝しないといけませんね。奥さまの腎臓を一ついただいたのでしょう?」

「えっ? あ、ああ、はい」

夫はちょっと戸惑いを示して、隣にいる妻へと視線を移した。

――いいのよ。

というふうに、妻は微笑んだ。医師が勘違いしているのなら、そのままにしておこう、と妻は思った。

腎臓を夫に提供したのは、自分ではない。夫の前妻である。

「もっとも、人工透析の環境もいまは昔に比べてぐっと改善されていますからね。ご主人はあと数年で定年ですか? 仕事をしながらの透析は苦労も多いでしょうけど、定年後は時間が自由になりますからね」

医師は、慰めのような言葉を継いだ。

「あの……一つおうかがいしたいんですが」二番目の妻は、そう切り出した。「生体腎臓移植というのは、一度しかできないのでしょうか」

「いいえ、そんなことはありませんよ。二度目の移植をされて、健康に暮らしておられる方もいます」

医師は笑顔で答えてから、わずかに眉をひそめて問うた。「どなたか、またご主人のドナーになられる予定の方がいるのですか？　お二人にお子さんは……」

「子供はいません」

妻はそう答えただけで、その先は続けずに、自分の胸にしまっておいた。

——わたしは、この日がくるのを待ち望んでいたのかもしれない。

夫の移植した腎臓の働きが弱っていると知らされたのに、こんなに明るい気分でいられる自分に彼女は驚いていた。

結婚して十五年。栄養士として高齢者施設で働いていた彼女は、自分はこのままずっと独身で一生を終わるだろう、と思っていた。だから、いまの夫との出会いを奇跡のように感じたものだ。「君といると気分が安らぐ」と言われて、素直に喜んだ。

家庭のある人との交際にはためらいを覚えたものの、彼の離婚の意思が固いと知って、どんどん彼に惹かれていった。前妻が夫のドナーになったことも、息子が一人いることもわかっていたが、〈わたしにも人生をともにするパートナーができた〉という現実がひたすら嬉しかった。

結婚したときにすでに四十歳を超えていたので、出産は諦めていた。十五年間、夫婦二人きりの生活を続けてきた。

夫の中に移植された腎臓があるからといって、彼女はとくに食生活に厳格な制限を設けたわけではなかった。気にするのは塩分くらいで、好きなものを作って、好きなように食べさせた。それだけに、移植腎が十八年間もきちんと機能していたことが不思議でならない。

「今度の奥さんは、栄養士だというのに、あれを食べるな、これを食べるな、と禁止したりしない。酒を飲んで帰っても、『飲みすぎないでね』と言うくらいで、目くじらたてたりしない。それで、こんなに健康体でいられるんだから」

と、夫も不思議がっていた。

「おまえが大らかで寛大な性格だからかな」

笑顔で言われたときは、そうかしら、とはにかんだ笑顔で返したが、彼女の内心は違った。

——わたしは、大らかでも寛大でもない。

彼女は自覚していた。夫の前ではつねに穏やかな笑みを絶やさないように心がけてはいた。しかし、つねにそんな平穏な状態でいられるわけがない。心の中に荒波が生じたこともあった。

——夫の中には、前の奥さんが棲んでいる。

そう意識させられたできごともあった。夫は月に一度の割合で息子と二人で会っていたのだが、面会日、彼女は落ち着かない気分で夫の帰りを待っていた。夫の口から息子を通して知ったという前妻の様子を聞かされるとき、複雑な感情を抱かずにはいられなかった。

——離婚したとはいえ、まだ前妻は夫の中にいる。

ドナーとレシピエントという関係が、夫の中でいまだに息づいているのを感じるのだ。そんな夜にかぎって、夫は彼女の身体を求めてくる。夫に抱かれながら、彼女は自分以外の女の存在を夫の皮膚を通じて意識させられる。そのせいで、集中力がとぎれ、「ごめんなさい」と、夫の要求をはねのけることもあった。まさに、暗闇の中に浮かぶ「前妻の生霊」である。

——わたしは、夫の前妻に見張られている。

そんな妄想に駆られて、必要以上に夫が身につけた肌着を洗濯したものだ。しかし、前妻が夫に分け与えた腎臓が機能不全で取り出される日が、近い将来訪れるという。これ以上、前妻の生霊に悩まされずにすむということだ。ようやく前妻から解放される。

「わたし、考えていることがあるんだけど」

診察室を出た彼女は、自分の考えを夫には打ち明けようとした。

「何？」と、夫が聞いた。

「ううん、何でもない」

いま話さなくともいい。もっと先でもいい。もうじき夫の誕生日だ。そのときに話せばいいではないか、と彼女は思い直した。

――わたしの腎臓を一つ、あなたにプレゼントするわね。

その言葉をどういう状況でどんな口調で言うべきか想像したとき、彼女は幸せを痛感した。そして、自分はやっぱりこの日がくるのを待っていたのだ、と悟った。

6

「久しぶりだね」

指定された喫茶店に行くと、別れた夫はすでに来ていて、山根暁子《あきこ》を見るなり言った。

「そうね。久しぶりね」

と暁子も受けたが、あえて会わずにいた年月を数えたりはしなかった。息子と元夫との定期的な面会日は設けられていたが、自分と元夫とは他人になったのである。会う必要はないと思っていた。

ところが、今日は、「お父さんがお母さんにも話があるって」と、事前に息子に言われていた。

――話って何だろう。

断ってもよかったが、それが気になって、暁子も会ってみる気になったのだった。

「あいつ、大きくなったよな」

肝心の話題を切り出さずに、元夫は息子の話をした。

「当然でしょう？　もう大学生だもの」

「立派に育ててくれてありがとう。まずは、そうお礼を言いたくてさ」

「間接的にだけど、経済的にはあなたもずいぶん援助してくれたじゃないの」

「そうかもしれないけど、一緒にいるほうが大変だよ。それに、あいつは将来の展望をきちんと持った人間に育ったんだ。医学部に入るだけでも大変なのに、ずいぶんまじめに勉強しているみたいだしさ。いままでありがとう」

この人こんなに素直だったかしら、と暁子は面食らっていた。結婚生活の中では、面と向かって「ありがとう」と言われた憶えはなかった。

「あの子が『医者になりたい』と言い出したのは、あなたの影響もあるのよ。『腎臓の病気で苦しんでいる人たちの力になりたい』ってね」

だから、あなたにも感謝している、とまでは言葉が続けられなかった。看護師の資格を持っていたとはいえ、シングルマザーとして息子を育て上げるのにはそれなりの苦労を伴ったからだ。

心身のバランスを崩し、心療内科にかかったりもした。

「心のうちを全部吐き出してください」

と言われて、破綻した結婚生活をすべて医師に話したら、心が軽くなった。

何度かカウンセリングを受けたあと、病院のスタッフに、「生体腎臓移植のドナーになられた経験があるんですね。看護師の資格もお持ちなら、臓器移植コーディネーターとしてお仕事してみてはいかがでしょう」と声をかけられた。興味を持った暁子は、仕事をしながら勉強を続けて資格を取得した。現在の病院に職を得たのは三年前だった。

「話って何なの？」

「話というのは……」

二人の言葉が重なり合った。

どうぞ、と暁子が促すと、大きく深呼吸をしてから、元夫は切り出した。

「実は、せっかく君からもらった腎臓なのに、余命宣告されちゃってね」

「そう」

腎臓に関する話ではないか、と予想してはいた。

「でも、ずいぶんもったじゃないの。確か……十八年でしょう?」

「ああ、よく働いてくれたと思う」

「いまの奥さんのメンテナンスがよかったのよ」

「そうかも。それから、君の腎臓も燃費がよかったってわけだ」

暁子のジョークを受けて、元夫もジョークで返した。

「また人工透析の生活に入ると思うけど、もうじき還暦だしね。ここまで健康にこられただけでも満足してるよ」

それだけ告げると、長居は無用というように元夫は席を立ち、じゃあ、と去って行った。

――わたしの役目は終わったのね。

暁子は、大きな達成感とともに不思議な解放感に包まれていた。

ふと、先日、カウンセリングルームに来た若い女性の顔が頭に浮かんだ。彼女――栗木恵は、別れた夫との復縁を決めただろうか。

セカンドパートナー

1

「再婚を考えているんだけど、どう思う？」

妙子《たえこ》からそう切り出されたとき、濱島美砂《はましまみさ》は、一瞬、誰の再婚かわからず、〈お母さん、わたしはまだ一度も結婚したことないんだけど〉などと、とんちんかんな受け答えをしそうになった。

「まさか……お母さんの？」

少し遅れて胸に生じた驚きを抑えて確認すると、妙子は黙ってうなずいた。

「誰と？」

しかし、そう問うたときには、相手の目星はついていた。

「もしかして、田村さん？」

「そうよ」

予想どおり、妙子は今度は声に出して認めた。

田村賢治《たむらけんじ》。美砂の父、濱島修《おさむ》の闘病中、何度か見舞いに訪れた男性である。両親の共通の友人だったと言ってもいい。

「どう思うって、わたしに聞いてどうするの？」

父が亡くなって、まだ半年しかたっていないのだ。それなのに再婚を口にする母に、美砂の内部で反発する気持ちがわき起こった。

「お母さん、もう決めているんでしょう？」

妙子は、曖昧に首を動かした。

「田村さんにプロポーズされたの？」

今度は、はっきりとうなずく。

「だったら、好きなようにすればいいじゃない」

声が苛立ちをはらんだ。

「でも、いちおう、美砂の気持ちも聞いておこうと思って」

「わたしが反対したらやめるつもり？　違うでしょう？　だったら、わたしの気持ちなんかどうでもいいじゃない」

「そういうわけにはいかないわ。あなたはまだ結婚していないし」

「だけど、未成年じゃないのよ」

同居はしているが、ちゃんと仕事をして、給料をもらっている。家には月に三万円入れている。

「田村さんのことをどう思う？」

「だから、言ったでしょう？　わたしの気持ちなんかどうでもいいって。わたしが田村さんのことをどう思っていようと、関係ないでしょう？」

それ以上、母と一緒にいたくなくて、「お母さんは、所詮、隣に誰か男の人がいないと生きていけない女なのよね」と、捨てゼリフのようにつけ加えると、美砂は居間から自室のある二階へ駆け上がってしまった。

ベッドに寝転がり、一年三か月に及んだ父の闘病の日々を思い起こした。

末期のすい臓がんと宣告されてから、妙子が献身的に看病していた姿は目に焼きついている。母が父を愛していたのはうそではないと言い切れる。

——だが、余命宣告された夫を見ているうちに、胸の片隅に別の男性への熱い思いが生じてきたとしたら……。

気持ちの上とはいえ、父の闘病中に、母はすでに父を裏切っていたことになる。それが、娘として美砂は許せないのである。二十八歳の娘がまだ一度も結婚したことがないというのに、五十七歳の母親が人生で二度目の結婚を考えているという。そのアンバランスさも気に食わず、腹立たしく思う。

――もし、お母さんが田村さんと再婚したら……。

再婚後の生活を想像して、美砂は足元が揺らぐような感覚に襲われた。そして、自分があんなに母に反発したのは、その種の不安を味わいたくないせいだろう、と悟った。

――いまの生活が根底から崩れるのをわたしは恐れている。

美砂は、そのことを自覚した。

一度も怒鳴られた憶えのないやさしい、仕事熱心と評判の父だった。

そんな父が余命宣告されたのだから、ショックは大きかった。けれども、余命を告げられたので、それなりに父を見送る心の準備はできた。母ほど時間はかけられなかったが、美砂なりに時間を見つけては病院に見舞いに行ったり、通院治療のときは休みをとって付き添ったりした。手厚い看取りができたのでは、という充足感があった。

だから、父の死後も、故人の共通の思い出をもっとも多く語れる者同士、励まし合って同じ家で生きていけると思っていた。少なくとも、〈わたしが結婚してこの家を出て行くまでは、お母さんと一緒に仲よく暮らすもの〉と、思い込んでいたのである。

それなのに、その母親に裏切られるなんて……。

――お母さんが田村さんと結婚したら、この家を出て行くことになる。そしたら、わたしはこの家で一人暮らすことになる。

濱島修の父親、すなわち、美砂の祖父が建てたこの一戸建てを、結婚した息子の修が両親の死後きれいに改築し、そこに生まれたのが一人娘の美砂である。ここは、美砂が生まれ育った愛着のある家でもあるのだ。両親と暮らしたこの家を自分一人で守っていけるのだろうか。将来を考えると不安でたまらなくなる。

――お母さんが再婚してこの家を出て行くということは、お母さんがわたしでなく田村さんを選んだということだ。

母親に捨てられた気もしている。

不安と憤りと寂しさ。美砂の中でいろんな感情が混じり合って膨《ふく》らみ、自分でも抑えきれなくなっていた。

2

美砂は、京橋のギャラリーで開かれていたイラストレーターによるグループ展のオープニングパーティーから金子知弘《かねこともひろ》を連れ出して、近くのスペインバルの店に入った。

「こういう仕事をしていると、つき合いが多くてね」

カウンターに座り、生ビールを注文すると、金子の愚痴が始まった。

「ああいうパーティーでワインをちびちび飲むより、ぐびっとビールを喉に流し込むほうがうまいね」

すぐに運ばれてきた生ビールを飲むと、金子は言った。

炭酸が苦手な美砂は、隣で白ワインを飲みながら、金子の横顔を見ていた。

デザイナーだから画廊巡りが趣味かと思いきや、美砂の目には彼が友人知人の個展やグループ展などを義理で見ているように映る。そして、「つき合いが多いと、出ていくものも多くてね」と決まって続くのだ。

Ｗｅｂデザイン会社を経営する金子知弘と交際を始めて三年になる。身体の関係も生じている。それなのに、いまだに金子は美砂にプロポーズしようとはしない。

父の病気が深刻であることを告げたときがチャンスかと、美砂は思った。

「花嫁姿を見せられないまま逝かれたら、わたし、後悔するかも」

そんな言い方で、金子の本気度を量《はか》ろうと試みた。

「会社が軌道に乗るまでは、結婚なんて考えられないんだよな。見切り発車すれば何とかなるなんて考えは、無責任だと思うし」

そのとき、金子はそう返してきた。結婚の話が持ち出されたのをとらえて、「軌道に乗るって、具体的にどんな状況？」と、美砂は聞いてみた。

「大きな仕事がとれたときさ」

金子の答えは抽象的で、Ｗｅｂデザイン業界をよく知らない美砂にはそれ以上深く首を突っ込めなかった。

ただ一つ、わかっていたことがあった。それは、グラフィックデザイナーとして大手の広告会社にいた金子は、現在のＷｅｂデザイナーという仕事に満足していないということだった。

上司とそりが合わずに五年前に会社を辞めた金子は、美砂と出会ったときにはすでに起業していたが、会社を一緒に興す予定のデザイナーが直前に翻意したり、大口出資を予定していた知人が急死したりで、時代の要請もあり、作った会社はクライアントから自社のＷｅｂページを依頼されて作成するというＷｅｂデザイン専門のこぢんまりとした会社になった。

大手広告会社でグラフィックデザイナーとしてそれなりの仕事を任されていた金子としては、かつての仲間たちに一段と低く見られていると思っているようなのだ。数字を見せられているわけではないので、美砂には金子の会社が具体的にどんな経営状態なのか、把握することはできない。頼んだとしても、教えてはくれないだろう。それは、まだ彼が美砂を結婚相手として見ていないという証拠かもしれないが、ときどき向こうからこうして誘ってくるのだから、将来のパートナーの候補として見てくれてはいると思っている。

アパレル会社に勤務し、広報を担当している美砂は、〈わたしにも収入があるのだから、あなたの会社がどうであれ、結婚を阻む要因は別にないのではないか〉と、ひそかにアピールしているつもりだが、金子の眼中には自分の会社しか入っていないらしい。

「母が再婚するかもしれないの」

自分の結婚の話につなげるために、美砂はそう切り出した。声にわずかに苛立ちが含まれている。資金繰りで頭がいっぱいとはいえ、いつまでわたしを待たせる気なの？　というあせりがにじみ出たのだろう。

「えっ、だって、まだ一周忌も済んでないだろう？」

五十七歳の女の結婚には、さすがに金子も驚いたようだった。

「母は、一周忌を済ませたら、と考えているみたいだけど」

あれから、ちゃんと向かい合って話はしていない。美砂が妙子を避けているからだ。昨日、出勤前に「ねえ」と、背中に話しかけられたときも、「急いでいるから」と話を遮ってしまった。「田村さんのところに行くのは、お父さんの一周忌を終えてから、と思っているんだけど」という言葉は耳に届いたが、聞こえなかったふりをした。

美砂は、ひどく動揺していた。いちおう、母が世間的な道理を踏まえていることはわかったものの、「田村さんのところに行く」という表現が胸に突き刺さった。

それはとりもなおさず、〈自分が捨てられる〉という意味ではないのか。

――お母さんは、やっぱり、わたしを一人ここに残して、自分だけ幸せになろうとしている。

三十間近にもなってまだ母親を頼っていた自分に気づくと同時に、たまらない孤独感にさいなまれたのだった。

「相手の人って、どんな人？」

金子は、当然ながら、美砂の母親の再婚相手に興味を示してきた。

「田村賢治さんという方よ。わたしが見かけたのは病院で、二、三度くらいだけど、普通のおじさん。父より一学年上だと聞いたから、今年六十三歳かしら。父と大学が同じで、一緒にラグビーをしていたとかで、がっしりした体格の人」

亡くなった修は、肩幅こそ広かったが痩せ型だったし、穏やかな印象が強かったので、娘の美砂でさえ、昔父が激しいスポーツをしていたことをなかなか信じられずにいた。

「奥さんは亡くなっているんだろう？」

「婦人科系の病気で亡くなって、もう十二年になるとか。わたしが田村さんのことを聞くのは、両親の会話からだけだったから、何となく父と母の共通の友達という認識でいたんだけど、考えてみたら、母は同じ大学じゃなかったから、結婚後に父を通じて知り合った関係ってことよね」

「何している人なの？　もう定年退職しているの？」

「不動産会社を経営しているとか」

「会社の社長なのか？」

金子は、グラスから口を離して、大げさに目を見開いた。

「まあね。規模はわからないけど、資産家みたいなことは、両親が話していた気がする」

「文字どおり、いくつか不動産を持っているのかな」

「かもしれないわね」

「すごいじゃないか」

金子は、グラスを手にしたまま大きく首を横に振る。

「どういうこと？」

「美砂のお母さん、五十七歳にして玉の輿《こし》に乗るって意味だよ」

「玉の輿？　そうかしら」

再婚相手の資産など考えてもみなかった。

「ちゃんと戸籍上の妻になるってことだろう？　だったら、夫に何かあったときに、その……遺産を相続できる」

「変な言い方しないで」

「田村さんには子供はいるの？」

「二人いるわ。男の子と女の子。両親がいつだったか、話していたから。といっても、もうわたしくらいの年じゃないの？」

「美砂のことはどうするつもりなのかな」

「どうするって？」

「養子縁組するつもりかどうかだよ」

「そんな……」

その点も考えてもみなかった。

「ちゃんとお母さんと話し合ってみたら？　そのあたり、明確にしてみたほうがいいよ。あるいは、それを再婚の条件にするとかさ」

「どうして、そんな……」

聞きかけて、美砂は口をつぐんだ。金子の視線が自分から離れて、何かを思案するようにボトルの並んだ壁の棚に向けられていた。

3

「田村さんはね、お母さんと結婚したら、一人娘のあなたを養子にしたいと言ってくれたのよ」

自分から口火を切らなくとも、妙子のほうからその話題に触れてくれた。

「お母さん、ちゃんと話を聞くわ」

と、歩み寄って、週末、妙子の好きなケーキを買って来て、テーブルに向かい合ったのだった。

「そこまで真剣にわたしたち母娘《おやこ》のことを考えてくれているのよ。あの人、死んだお父さんと同じで責任感の強い人だから」

死んだお父さん、と口にした妙子の目は潤んでいた。

――やっぱり、お母さんは、お父さんのことを好きだったんだ。すっかり忘れたわけじゃなかったのね。

父の責任感の強さに言及したことで、美砂は態度を軟化させた。

「わたしが養子になるってことは、濱島美砂から田村美砂になるってこと？」

頭の中で新しい文字に置き換えて、説明しやすい簡単な姓でよかった、と思っている自分に驚いた。濱島の「濱」という漢字を正確に書ける人は少ない。

「法律上の手続きをするから、そうなるわね」

「そのあと、もし、わたしが結婚したら？」

金子美砂、という名前はもう何度、頭の中で書いたことだろう。

「結婚して姓が変わったとしても、関係ないわ。あなたは田村さんの養子のままよ」

少し微笑んでから、「つき合っている人がいるんでしょう？　デザイナーの人だったかしら」と、妙子は口元を引き締めた。名前は出さなかったが、たまにデートする男性の存在は妙子に伝えてあった。

「その人と結婚の予定はあるの？」

「ううん、まだ。彼はいま、仕事に夢中だから」

「そう」

妙子は、娘の交際相手については踏み込まず、

「とにかく、田村さんは、将来のあなたのことまできちんと考えてくださっているから」

と、自分の話題に戻した。「『老後の預貯金はある。自分のもとに嫁いでもあなたに苦労はさせない。娘さんの将来にも責任を持つ』ってね」

「田村さんって、不動産会社の社長だったっけ？」

「社長といっても、街の小さな不動産屋よ。物件を紹介したり、アパートや駐車場の管理を任されていたりする。貸している土地も少しはあるみたいだけど」

「そう」

自宅の建つ土地しか所有していない濱島家に比べたら、貸す土地があるだけましかもしれないが、資産家というほどでもないようだ。玉の輿に乗る、という表現が大げさなのはわかった。しかし、金子にはそのまま伝えないほうがいいだろう、と美砂は思った。彼には話を誇張させて伝えておいたほうがいい。

「田村さんには子供が二人いるんでしょう？」

「息子さんは結婚していて、川越のほうの会社に勤めているわ。娘さんは離婚して、子供を連れて実家に戻っているの。いまは、田村さんは娘さんとお孫さんと暮らしているわ」

「二人とも父親の再婚に反対はしてないの？」

できすぎている、と思いながら、美砂は尋ねた。離婚して子連れで実家に戻っているという娘の存在が引っかかる。

「お母さんはまだ、直接、お子さんたちに会ってはいないけど、田村さんの話では『子供たちは賛成している』って」

美砂は、何の疑いも持たずに、相手の話を素直に受け止める母に呆れたが、人を疑うことを知らない素直な母だからこそ人生で二度も求婚されるのだろう、とも思った。美砂と違って、線が細く、小柄で、男性を「守ってやらねば」という気にさせる雰囲気の女性ではある。

「田村さんの養子になるということは、その子供たちとわたしも、義理のきょうだいの関係になるって意味よね？」

言葉にはできても現実感がわかない。

「ええ。だから、一度、みんなで顔合わせをしよう。会食の場を設けよう。田村さんは、そう言ってくださってるわ」

成人になってからの戸籍上のきょうだい。それにも実感が伴わなかったが、美砂は、前向きに考えている自分に気づいていた。

――わたしが「資産家の養子になる」と言えば、彼も結婚を真剣に考えてくれるかもしれない。

美砂の中にはそういう計算があった。

4

幼稚園からの帰り道、いつものように公園の中を通り、目的のブランコがあいているのを見つけると、真衣《まい》は母親の手を振りきって駆け出した。ブランコに座って前後に揺らす娘を、亜由美《あゆみ》は目を細めて眺めていた。

離婚後、しばらくは以前の世田谷区内の幼稚園に通わせていたが、通わせきれなくなり、先月地元の幼稚園に転園させた。すでに子供たちの社会は、母親たちの交友関係によってできあがっていたらしく、真衣は友達の輪に溶けこめずにいる。園内では一緒に遊ぶ友達がいても、一緒に手をつないで帰る友達まではいない。それは、出戻りの亜由美も同じだった。

仕事を探して、保育園に預けることも考えた。だが、どちらも見つからない。条件のよい仕事も、保育園の空きも見つからないのだ。

「パパは？　今日、帰って来る？」

ブランコを揺らすのをやめた真衣が亜由美を見上げ、唐突に聞いた。

「ううん、まだ」

「いつ帰るの？」

「もうちょっと先かな」

ごまかして、真衣が納得するのを待つ。まだ四歳である。両親が離婚し、母親が自分を連れて実家に帰った、という状況がわからずにいるのだ。同じ都内とはいえ、住環境がまったく異なる世田谷区成城《せいじょう》から北区赤羽への転居。「パパはね、遠くにお仕事に行ってるの。そのあいだ、真衣とママはじいじのおうちにいるのよ」というそをついて家を出て来たが、「どうして、あっちのおうちで待っててちゃいけないの?」と、四歳とはいえ、しごくまともな疑問をぶつけてきたものだった。

亜由美は、夫の長沼悠馬《ながぬまゆうま》に追い出されたのだった。「出て行け」と言われて、真衣を連れて家を出た。実家に戻った直後に、夫から離婚届が郵送されてきた。追って、亜由美と真衣の荷物も送られてきた。客観的には、非は妻である自分のほうにあるのだから仕方がないとは思っている。言葉数を多くして弁明しようと思えばできた。だが、その弁明が世間的には荒唐無稽《こうとうむけい》なものとわかっていたから、黙って離婚に応じたのだ。

夫の出張中、亜由美は、娘を娘の友達の母親に預けて、ある男性と会った。別に彼と会うことを夫に秘密にしなくてもよかったのだが、公にする必要性も感じなかったので、黙ったまま二人で会った。彼と会うのははじめてではなかったから、安心感というか、油断もあったのかもしれない。

二人で会っていたところを、夫の友人に見られてしまった。夫に問い詰められて、亜由美は、自分たちの関係をうまく説明することができなかった。しいて言えば「男友達」という関係かもしれず、「ただの趣味仲間」とそのとき亜由美は弁解らしきものをしたが、夫は「いつからだ?」「関係あるのか?」「好きなのか?」と、質問をたたみかけるばかりだった。

「想像しているような関係じゃない」

そう言い訳したが、夫は頑として信じようとしなかった。

夫は、妻が会っていた男性が独身だと知り、「本当は、俺と別れてあいつと結婚したいんじゃないか?」と亜由美に聞いたが、そんな気は少しもなかったので、正直にかぶりを振った。しかし、夫は、こちらも信じようとはしなかった。

「相手を呼んで話し合う」とまで話が大きくなりそうだったので、「出て行け、と言うのなら、出て行きます」と、真衣を連れて家を出たのだった。

「結婚したら、もう男友達と二人で会ってもいけないのね」

と、離婚後、女友達にため息をつきながらこぼしたら、「亜由美は下手なのよ。もっとうまく根回しして、最初に夫にちゃんと紹介してからつき合う。そういう夫公認の男友達がいる女性もいまはたくさんいるわ」と諭された。

彼女によれば、夫公認の男友達や夫に準じる存在としてのパートナーを確保するのが、主婦のあいだで流行っていて、「セカンドパートナー」と呼ばれているのだという。

「大学時代のサークル仲間の延長みたいなものかな。たとえば、わたしの知り合いは山ガールだけど、ご主人は山にはまったく興味がないんですって。それで、登山用に確保している男性パートナーがいるし、マラソンが好きな友達にはマラソン好きなパートナーがいるわ。そっちも、やっぱり、夫は全然走らない人だっていうし」

その話を聞いて、なるほど、と亜由美は目を見開かされた思いがした。

自分と「夫以外の彼」との関係が、まさにそうだったからだ。結婚前から通っていたカルチャーセンターで知り合った仲間の一人だった。「歴史的建造物を探訪する」という講座で、結婚して時間に余裕のなかった亜由美は、街歩きの日は夕方までに家に帰るという生活を続けていた。子供が生まれてからは足が遠のいていたが、真衣を幼稚園に預けてからは少し時間ができたので、ふたたび通い始めた。「夫以外の彼」とは写真が趣味という共通点があった。「夫以外の彼」は、とりわけマンホールの蓋《ふた》を撮り歩くのが好きで、大学でデザインを学んだ亜由美はそのマニアックな趣味と、地域によって違うマンホールの蓋のデザインの奥深さに純粋に惹《ひ》かれたのだった。

しかし、マニアックな趣味ゆえに、愛好家は周辺にさほど多くはいない。いつしか、日本各地を歩いて撮りためた写真を見せるために、「夫以外の彼」から誘いの声がかかるようになった。最初は「夫以外の男性」に会うことに後ろめたさは感じたものの、〈自分が彼を恋愛対象として見ていないからいいのではないか〉と、亜由美は自分の胸に言い聞かせた。それに、「夫以外の彼」もまた、二人で会っても、ひたすら趣味の話をするだけで、亜由美に恋愛感情を示すようなそぶりは見せない。

――大人になってからのサークル仲間。

――結婚してからの害のない男友達。

亜由美は、「夫以外の彼」をそんなふうに見なしてつき合っていたのだが、夫には到底理解できない関係だったらしい。

父親が不動産にかかわる仕事をしているとはいえ、資産家とは言いがたい自分の家に比べて、夫の家は父親が二百人もの従業員を抱える建築資材会社の経営者で、結婚時にすでに夫は自分のマンションを持っており、一流企業に勤務していた。見栄えも悪くはない。そんな条件のよさと社交的で快活な性格に惹かれて、異業種交流パーティーで出会ってすぐに結婚を決めた。

一緒にいるときはわからなかったが、離れてみると、夫の嫌な面が次々と想起された。異常に嫉妬深くて、テレビに映った男性タレントにキャアキャア言っただけで、本気で機嫌を損《そこ》ねて、テレビに向かって思いきり悪態をついたことや、スカートの丈やTシャツのサイズなど妻の服装にうるさかったことや、子育て中の部屋の片づけに関して細かく口を出してきたことなど……。子供が生まれてからは、女の子だったからかわいがってくれはしたが、それも自分の機嫌のいいときに限られていて、家に仕事を持ち帰ったときなどに泣かれると、「集中できない」と言って、ぷいと表に出て行ったりした。妻の自分のほうが我慢していたことが多い窮屈な結婚生活だったと改めて振り返り、亜由美は、〈本当は、相性が合わない二人だったのね〉と結論を出すに至った。だから、離婚そのものは後悔してはいない。今回のことがなくても、結婚生活はいずれ破綻しただろうと思う。

――だけど……。

亜由美は、真衣の背後に行ってブランコをやさしく揺すりながら、昨夜、父の田村賢治から不意に切り出された結婚の話を思い返した。

「再婚しようと思っているんだ」

寝耳に水だった。

再婚を考えている相手は、五十七歳の女性で、半年前に夫を亡くし、二十八歳になる独身の娘がいるという。賢治とその亡くなった夫とは、大学の先輩後輩の関係らしい。

「再婚って……その人がここに住むってこと?」

家業を持つ父が家を出て、その女性と二人で別のところに住むとは考えられなかった。

「真衣の面倒も見ることになると思うから、亜由美も助かるだろう」

「そんなに簡単にはいかないわ」

思わず声を荒らげてしまった。

離婚して真衣を連れて実家に戻ったとき、〈お母さんが生きていてくれたらなあ〉と切実に思ったものだ。経済的な面以外に、仕事をしている父には頼れない。娘にとって「祖母」にあたる存在の母がいれば、幼稚園の送り迎えをしてもらえるし、家事や育児を手伝ってもらえる。男にはできないきめ細やかな気遣いをしてもらえる。そしたら、真衣を母に預けて、自分ものびのびと仕事ができるのではないか、と何度も考えた。

しかし、出戻ったときにいたのは、父の賢治だった。妻を亡くして十二年。結婚するまでは亜由美が家事をし、亜由美が結婚して家を出てからは、従業員に頼んで弁当を買って来てもらったり、家事代行サービスや配食サービスなどを利用したりして、何とか家事をやりくりしてきた。

「わたしのことは勘定に入れないで。お父さんとその人、二人の問題ととらえて」

父の再婚に賛成とも反対とも表明せずに、亜由美は会話を打ち切ってしまった。

――お父さんは、伴侶というより、自分の身のまわりの世話をしてくれる人がほしかったのかも。

そう思ったら、何だか寂しくなり、同時にたまらなく腹立たしくなった。

――子連れで出戻りの自分は必要とされていなかったのだ。邪魔な存在だったのだ。

そういう思いと、同じ女としてばかにされたような気分に駆られたせいだった。

この家に父の再婚相手が入るとなると、自分と真衣は出て行かねばならない。真衣の幼稚園の件もあり、離婚後も旧姓には戻さずに長沼姓を名乗っている。

しかし、最大の衝撃は、父が再婚相手の一人娘と養子縁組をするつもりでいる、と知ったことだった。

けさ、居間に降りて来た賢治は、「濱島さんの娘の美砂さんを養子にしようと思っている」と亜由美に告げた。

こわばった顔を父に向けたまま、亜由美は言葉を失っていた。

——それが、相手の結婚の条件だったんじゃないかしら。

そう想像したら、会ったこともない自分より四つ年下の女性——濱島美砂に対する憎しみが胸の内にふつふつとわき上がってきた。

「ママ、おててがお留守になってるよ」

真衣に言われて、自分と父、父の再婚相手とその娘。四人の関係とその将来に思いを巡らせていた亜由美はわれに返った。ブランコの鎖を握る両手から力が失われていた。

5

「田村秀治《しゅうじ》は、父の結婚に賛成します。母が亡くなったとき、ぼくも妹の亜由美も大学生で、妹は二十歳になったばかりでした。成人式の晴れ着を母に見せてあげられたのがせめてもの親孝行だったと思います。二人とも大人になっていたとはいえ、母の死後、父は大変な苦労をしながら、ぼくたちを自立に向けて育ててくれたことと思います。父には感謝しています。今日は、急な出張が入ってしまい、ぼくは出席できませんが、父と濱島妙子さんとの結婚には賛成です。十二年間、独り身で寂しい思いをしてきた父に、後半の人生をともに過ごしたいと望むお相手ができたことは喜ばしいかぎりです。妙子さん、いえ、お母さん、どうか父を幸せにしてあげてください。料理や家事はあまり得意とは言えない父なので、そばにいて父の世話をしていただけたらありがたいです。そして、お父さん、どうか妙子さんを幸せにしてあげてください。奥さんができたからって、あんまり甘えすぎないように。妙子さんに迷惑をかけないようにしてください。妙子さんのお嬢さんの美砂さん、どうか父のことを『二人目のお父さん』と思って、慕ってあげてください。父とあなたのお父さんとは、大学の先輩後輩で、親しい仲だったとうかがっております。あなたの亡くなられたお父さんも二人の結婚に反対はしないでしょう。いえ、心から祝福しているはずです。これからもよろしくお願いします」

そこでため息をつくと、賢治は、「以上が息子の秀治から託された手紙です」と、右手に手紙を掲げて言った。

最初に拍手をしたのは、手紙に名前が出てきた濱島美砂だった。つられるようにして、亜由美の隣で真衣が小さな手を叩いた。亜由美も仕方なく、控えめに拍手をした。

「というわけで、秀治が会食に出席できないのは残念ですが、こうして両家が顔を合わせたわけで、何というか……」

うまく話をまとめられずに、賢治が口の中でもごもご言うと、「とても嬉しいお手紙です。わたしたちを温かく受け入れてくれた秀治さんにお礼を申し上げます」と、妙子が感極まった声であとを引き取り、頭を下げた。

「秀治の手紙にもありましたが、亡くなった妙子さんのご主人の濱島が、わたししたちの結婚を心から祝福しているというのは本当だと思います。これは美砂さんにも亜由美にもはじめてする話ですが……」

賢治は、そこまでしゃべって言葉を切った。

――お父さんったら、何よ、もったいぶって……。

亜由美は、しらけた気分になってテーブルに着いたメンバーを見ていた。さきほど、妙子が頭を下げたときに、娘の美砂が一緒に頭を下げなかったのが気になっている。笑顔を絶やさない妙子と対照的に、緊張しているのか硬い表情でいる。自分の母親の再婚話をどう受け止めているのか、その表情から読み取るのはむずかしい。

「実は、濱島を病院に見舞ったときに、『自分の死後、妙子と美砂をよろしく頼みます』と、かすれた声ではあったけれど、はっきりと言われたんですよ」

「お父さん、それって……そういう意味なの？」

思わず声が出てしまった。濱島修の死後、彼の妻と再婚し、娘と養子縁組してくれ、という意味なのだろうか。

「お父さんは、そのときの雰囲気からそういう意味に受け取ったんだよ。濱島に二人を託された、と思ったね」

と、賢治は、亜由美に向いて答えた。

「お母さんはどうなの？　入院中、お父さんからそういう話は聞いていた？」

妙子に質問したのは、その娘の美砂だった。

「いいえ。でも、その話は田村さんから聞いてたわ。それもあって、わたしも前向きに考えたわけだけど」

「濱島さんにお二人を託された。お父さんはそう思っているみたいだけど、もし、濱島さんにそう言われなかったら、どうだった？　結婚するつもりだった？」

再婚相手とその娘のいる席でするにはデリカシーのない質問だとわかっていたが、亜由美は、そう聞かざるをえなかった。質問の直後に、肌に突き刺さるような美砂の鋭い視線を感じた。

「たとえ、そういう発言がなかったとしても、いずれ妙子さんに求婚したと思う。だが、この年で、という照れはあったから、結果的には、濱島のあの発言がお父さんの背中を押してくれたかな」

そう答えて、賢治は笑った。

妙子がはにかむように口に手を当てたのを見て、亜由美は、顔がほてるような羞《しゅう》恥心《ち》と苛立ちを覚えた。

「じゃあ、『美砂をよろしく頼みます』がなかったらどうだった？　『妙子をよろしく頼みます』とだけ言われたら。お父さん、美砂さんとの養子縁組を考えた？」

羞恥心と苛立ちを追い払いたくて、亜由美はそこまで言ってしまった。

最前まではにかんでいた妙子の表情がこわばった。

美砂の鋭い視線も、相変わらず亜由美に注がれている。

「亜由美、失礼じゃないか」

賢治がたしなめたとき、個室のドアが開いたので、話が中断した。中華料理の前菜が運ばれてきた。と同時に、「おしっこ」と、子供用の椅子に座らされた真衣が亜由美に顔を振り向けた。

——もう、こんなときに……。

うっとうしそうな表情を作ってしまったのだろう。

「真衣ちゃん、ばあばと行く？」

すかさず、妙子が駆け寄って来て、真衣の目線になってやさしく話しかけた。

——ばあば、ですって？

離婚した長沼悠馬の母、姑だった人の嫌な思い出がよみがえり、口の中に苦い唾液がたまる。元姑は、悠馬の姉の二人の子供を猫かわいがりして、真衣とは明らかに違う扱いをした。真衣に向かって「あなたはママ似ね。パパに似たところを見つけるのがむずかしいわ」と、聞こえよがしに嫌味を言うような人だった。

亜由美が苦い唾液を呑み込んだとき、意外にも真衣が「うん、行く」と素直にうなずいて、自ら椅子から降りた。

妙子が真衣を連れて部屋を出て行く。

「初対面なのに、真衣は妙子さんになついているな」

と、賢治が嬉しそうに言った。

「うちの母は、昔から小さい子に好かれるんです」

美砂が少し誇らしげな表情で言う。

――わたしは、妙子さんよりもこの娘を疎《うと》ましく思っている。

美砂の発言にカチンときた亜由美は、そのことをはっきりと意識した。

兄の秀治はたぶん、父の再婚相手を家政婦がわりに見ているのだろう。将来、自分たちが父親の面倒を見なくてよくなって助かった、くらいに思っていることは、妹の亜由美にはわかっていた。ならば、自分も父の再婚をプラスにとらえてもいいかもしれない。だが、娘の美砂のことは別だ。彼女が父の養子になるということは、将来の遺産相続の問題にもかかわってくるからだ。

——結婚と養子縁組は別。

そう考えるのが常識ではないか。

——お母さんとわたしは別人格。わたしは養子になんかならなくていい。

亜由美は、そう言い出さない美砂に怒りを覚えているのかもしれない。

——財産目当ての打算的な女。

亜由美の目には、美砂がそういう女にしか映らない。

「さあ、そんなふうにツンツンしてないで、食べようじゃないか」

注がれたままで泡が抜けているビールに口をつけて、賢治が言った。

「さあ、どうぞ」

と、美砂から取り分けるように大皿の料理を勧める。

「じゃあ、いただきます」

美砂は、焼き豚やくらげなどの前菜の盛り合わせに箸《はし》を伸ばす。

実の娘と義理の娘になるかも知れぬ二人の女の板ばさみになった父がかわいそうになり、亜由美も飲食に集中して黙っていた。

やがて、真衣を連れて妙子が戻って来た。

「真衣ちゃん、何が好き？」

トイレにつき合って仲よくなったのか、妙子が真衣の小皿に料理を取り分ける。「真衣ちゃんはどこの幼稚園？」とか「何の遊びが好き？」などと真衣を話題の中心にしていたが、会話が途切れたときに、「この子にはいま、おつき合いしている人がいるんですよ」と、なぜか突然、娘の美砂に話題を振った。

「お母さん、やめてよ」

と、美砂は、面食らった様子で眉をひそめた。

「結婚を考えている人なの？」

と、賢治が聞く。

「いいえ、まだです。お互い、仕事を充実させることのほうが優先で、結婚はまだ考えていません」

「そうだね。結婚は慎重に考えたほうがいい。お母さんと結婚するわたしが言うのもおかしいけどね。若い人の結婚は慎重にしたほうがいい、という意味でね」

美砂の答えに賢治が何度もうなずいたので、亜由美はまたむかついた。

「ほら、うちの娘の二の舞にならないように」

「お父さん、やめてよ。おめでたい席でそういう話は」

今度は、亜由美が眉をひそめて、父を叱った。

6

「というわけで、全然、和やかな雰囲気の会食じゃなかったわ」

ひととおり報告した美砂は、ため息をついた。会食の席では、その後、互いの恥部や気分を害するような話題に触れない配慮をしたため、あたりさわりのない世間話に終始したのだった。

「そうか。でも、よかったじゃないか。少なくとも、新しいお父さんになる人はやさしくて、頼りになりそうな人で。真衣ちゃんとかいう子も美砂のお母さんにすぐになついたんだろう?」

亜由美の名前は出さずに、金子は言った。

「まあ、そうだけど。娘たちは……微妙な関係ね」

「それは仕方ないさ。女同士、いろいろあるだろう」

「あっちは、離婚して子連れで実家に戻っているでしょう？　で、こっちは、結婚はまだだし。お母さんったら、ああいう席で、わたしにつき合っている人がいるなんて余計な話を始めちゃって。あせったの何のって……」

金子の反応をうかがうために笑い話にしたが、彼はひきつったような笑みを浮かべただけだった。

「どうしたの？　何だか疲れているみたいだけど」

「ああ、いや。このところ徹夜続きでね」

それが癖なのだが、金子は指先で顎をかいた。気のせいかいつもより顔色が悪い。

「仕事が忙しいの？　ごめんなさいね。そんなときに時間をとってもらって」

「いや、いいんだ」

金子は、指先で顎をかきながらちょっと笑ったが、その先の言葉は続かない。

美砂は、あれ、と思った。

今日、「時間がとれないか？」と誘ってきたのは、金子のほうだった。こちらも報告するつもりでいたので、先に電話をしてくれたのは嬉しかったが、煙草を吸う彼に合わせてコーヒーショップの喫煙ルームで会ってみると、会話が弾まない。何よりも、自分から言い出した養子縁組や田村家の資産の話題に深入りしてこないのが妙だ。再婚の条件にせずとも、先方から養子縁組の話を持ちかけられたことは、金子に伝えてあった。そのとき、「わたし、土地持ちの資産家の養子になるのよ」と、話を大きくして伝えたのだったが……。

「仕事で何かトラブルがあったの？」

「いや、そういうわけじゃない」

美砂は、金子の歯切れの悪さが気になった。彼が望んでいた大きな仕事というのを逃したのか。それとも、ついに、資金繰りに行き詰まったのか……。

「わたしで力になれないこと？」

そんなふうにやさしく語りかけてみると、

「美砂、ごめん。本当にごめん」

と、いきなり金子はテーブルにつきそうなほど頭を垂れた。

「何よ」

面食らうと同時に怖くなった。やっぱり、そうなのか、デザイン会社が傾いてしまったのか、と思ったのだ。

「君とは結婚できないんだ」

顔を上げた金子は、視線をテーブルに落としたまま言った。

「それは……いろいろ考えたけど、やっぱり、わたしの将来に責任を持てないって意味？」

「責任を持てないっていうか……」

しばらく爪の先で顎をかいていた金子は、その動作をやめると、視線も美砂に当てた。

「好きな人がいるんだ」

「えっ？」

一瞬、意味が理解できなかった。好きな人ができた、のではなくて、好きな人がいる？　それって、わたしのことじゃないの？

「いつか話したかもしれないけど、ほら、会社を興すときに大口の出資予定だった人が急死した話だよ。それは、海外から食器などを輸入している商社の社長だったんだけど、社長が亡くなったあと、娘が後を継ぐことになってね。その彼女がぼくの会社に興味を持ってくれて、新たに経営に加わることになって、それで……」

「わかったわ」

恐ろしいほど饒舌になった金子に気圧された美砂は、そこで話を遮った。

「彼女と結婚したいのね」

「ああ」

「お金目当てなのね」

「違うよ。それだけじゃない。共通する点もいっぱいあるよ。たとえば、趣味とか……」

「聞きたくないわ」

この人も何てデリカシーのない人だろう、と美砂は情けなくなった。

「美砂にはわからないだろうけど、会社を維持していくのは大変なことなんだよ。それには、お金もいる」

「やっぱり、お金じゃないの」

「違うよ。彼女のことが……好きなんだ」

とどめのひとことだった。

――ようやくわかった。わたしはこの人にとって「セカンド」だったのね。

「さようなら」

吐き捨てるように言うと、美砂は席を立った。

7

「わがまま言ってすみません」

玄関のドアが開くと、迎え出てくれた濱島妙子に亜由美は言った。

「ばあば、こんにちは」

妙子の顔を見るなり、真衣が亜由美から手を離した。

「あらあ、ちゃんと挨拶できて偉いのね」

妙子が真衣の頭を撫でる。

「美砂さんは？」

と、亜由美は尋ねた。

「家にいますよ。いまお茶をいれるから、さあ、どうぞ」

妙子は家に上がるように勧めたが、その手をつかんだ真衣が逆方向に引っぱった。

「お外で、ばあばと遊びたい」

「この子ったら、すみません。わがままばかりで」

——幼稚園がお休みの日に、ばあばの家に遊びに行きたい。

そう言い出したのは真衣だった。妙子に電話をしたら、「ぜひ、どうぞ」と言う。

それで、電車に乗って連れて来たのだった。

「こんにちは」

奥から美砂が現れた。「どうしたの？」と、玄関先でぐずぐずしている妙子に聞く。

「真衣ちゃんを連れてそこの公園に行くから、美砂は亜由美さんのお相手をしててね」

そう言い置くなり、妙子は真衣を連れて出てしまった。

「あの……どうぞ」

「じゃあ、失礼します」

気まずさを覚えながら、亜由美は家に上がった。美砂に聞きたいことはある。先日、「妙子さんから電話があってね。美砂さんは、養子縁組の話を断ることにしたという。『いろいろ考えましたが、わたしはわたしの道を行くことにしました』だそうだ」と、賢治に告げられたのだった。

「コーヒー、いれますね」

亜由美に居間のソファを勧めてから、美砂はキッチンへ向かおうとする。

「美砂さん、コーヒーより前に聞きたいことがあるの」

気が急いていた亜由美は、美砂を呼び止めた。

話の内容が想像できていたのだろう。美砂は、何も言わずに向かいの椅子に座った。

「父の養子になる話、断ったそうだけど」

「ええ」

「どうして？」

「理由を言わないといけないでしょうか」

四つ年下の美砂は、敬語を使って話す。

「言いたくなければいいの。『わたしはわたしの道を行くことにしました』ってどういう意味なのか、知りたくなって」

「それは……」

「おつき合いしていた人と別れたの？」

「えっ？」

「違っていたらごめんなさい。だけど、何となくそんな気がして。ほら、わたしのほうがちょっとだけ人生の先輩だから。子供も産んで、離婚も経験しているし」

苦笑を口元ににじませて言うと、

「わたし、彼にとってセカンドの女だったんです」

美砂はそう答えるなり、わっ、と両手で顔を覆った。こらえていた感情があふれ出たようだった。

亜由美は、いつか耳にした「セカンドパートナー」という言葉を思い出したが、いまの彼女の場合は、「二股をかけられていた」とか「二番目の女」というような意味に相当するのだろう、と思った。

「すみません。気がすみました」

ひとしきり泣いた美砂は、晴れやかな顔を亜由美に向けてきた。

「お母さんがうちの父と結婚したら、美砂さん、ここに一人になって寂しいわね」

亜由美は、外観からも内装からも改築した跡が見て取れる家を見回して言った。

「亜由美さんは、どうされるんですか？」

「わたしも家を出るつもりよ。父たちの楽しい老後の邪魔をしたくないし。二人で住む家を探して、真衣を保育園に預けて、仕事を探すわ。住むところなら何とかなるのよ。いちおう物件を紹介するのが父の商売だしね」

「ここもあいてますよ」

「えっ、ここって……」

「わたし一人じゃ広すぎて」

「ああ、ええ、でも、それは……」

一緒にここに住むのはどうか、という意味だろうか。

「そういう選択肢もある、という意味です」

亜由美が返答に詰まっていると、美砂は笑顔で言った。

「ありがとう」

亜由美は、美砂の好意に感謝して言った。

――わたしたち、姉妹にはなれなくても、友達にはなれますよね。

涙がまだ乾いていない美砂の目は、そう語っているように見えた。

紙上の真実

1

ぼくの家

四年二組　田中翔麻《たなかしょうま》

「翔麻の家はみんなと違うよな」

「おまえの家は変わっている」

　と、ぼくは友達によく言われます。

　でも、自分では変わっているとは思いません。なぜなら、お父さんとお母さん、ぼくと弟の四人家族で、普通に幸せに生活しているからです。

　みんなと違っているのは、名字だけです。お父さんとお母さんは、名字が違います。ぼくはお母さんの名字を、弟はお父さんの名字を名乗っています。

「それがおかしいんだよ」

　と、このあいだ友達に言われました。

普通の家は、お父さんとお母さんが同じ名字で、子供たちもみんな同じ名字のはずだと言われました。

男の人と女の人が結婚したら、どちらかの名字――姓とも言います――を選ぶのが普通だとか。そのことは、ぼくも知っています。法律がそうなっていることは。

そして、女の人が男の人の名字にするのが普通だとも言われました。

だけど、うちのお父さんとお母さんは話し合って、いままでのおたがいの名字を使うことにしたのだそうです。

そうすることには、ちゃんと理由があったとも言っていました。

お母さんはぼくに、「お父さんとは病院で出会った」と話してくれました。お母さんが病院で名前を呼ばれたのがきっかけで、お父さんと話すようになったのだとか。

「おまえのお父さんとお母さんは、結婚していない」

そう言う友達もいますが、違います。

「法律婚」をしていないだけで、お父さんとお母さんは、ちゃんと結婚しています。じじつこん、と言うのだそうです。「事実婚」という漢字も教えてもらいました。

ぼくも大きくなって好きな人ができて、その人と結婚するかもしれません。そのときに、田中という名字をやめて、その人の名字にするかもしれないし、田中翔麻のままでいるかもしれません。それは、そのときになってみないとわかりません。でも、名字が違うことで、お父さんや弟を家族でないと思うことは絶対にないし、お父さんと弟もお母さんやぼくのことを、家族でないと思うことは絶対にないはずです。

それだけは、誓って言えます。

ぼくたちは、仲の良い家族です。

2

介護職員に案内されて部屋に入ると、義母はベッドの上でまどろんでいた。起こさないほうがいいだろうと思い、真弓《まゆみ》は、持って来た新聞と義母が入居前から定期購読している月刊誌をサイドテーブルに静かに置いた。

そのまま帰ろうとしたとき、

「田中さん？」

と、しわがれた義母の声が真弓を呼んだ。

「お義母さん、すみません。起こしちゃいました？」

真弓は、ベッド脇にかがみこんだ。

「いいのよ。充分にお昼寝したから」

義母は半身を起こして、「ありがとう。読みたかったのよ」と、サイドテーブルの新聞と月刊誌に顔を振り向けると、「けさは、アメリカドルはどのくらい？」と聞いた。

「百二十二円くらいでしょうか」

「あら、そう。じゃあ、ユーロは？」

「ええっと、いくらでしたっけ。百三十……」

真弓が新聞を広げようとすると、

「いいわ。あとで、自分で見るわ」

と、義母はかぶりを振った。

その目が知的な色に輝くのを見ながら、真弓はホッと安堵した。今年八十三歳になる義母だが、まだ頭のほうはしっかりしている。朝刊の株式欄や証券欄などを広げては、東京外国為替相場を確認するのが日課になっている。歩行が困難になっているとはいえ、主要通貨の変動を見て世界経済の動向を知り、新聞を通じて社会とつながるのが、彼女なりの頭の体操になっているようだ。

長年、小学校の給食調理員として、夫の死後、女手一つで息子を育ててきた義母である。定年退職後も一人暮らしをしながら弁当店でパート勤めをしていたが、七年前に膝の手術をして体力が続かなくなり、仕事を辞めた。

真弓は、自分たち家族との同居を提案したが、「身体が動くかぎり、一人で自由気ままに暮らしたい」と、義母に断られた。

ところが、この夏、持病の気管支喘息《ぜんそく》が悪化した義母は、倒れて病院に運ばれた。そのときはすぐに退院できたが、心配になった周囲の勧めで、空調設備の整った有料老人介護施設に入居することになったのだった。食事は食堂で、入浴は共同浴場で、と決められているものの、個室での生活はプライバシーが保たれていて、読書好きの義母には快適に感じられるようだ。

「ああ、田中さん。今度、信矢《しんや》が来るときに、お父さんの本を持って来るように伝えてくれる?」

足りないものはないかどうか、ティッシュペーパーやハンドクリームなどの備品をチェックしていた真弓に、義母が言った。

「お父さんの本、ですか?」

「そう言えば、あの子はわかるから」

「わかりました」

微笑んで請け合って、真弓は部屋を出た。

義母には、夫の信矢と交互に届け物をしている。新聞社に勤務する信矢は出勤前に寄ることが多く、時間が自由になるライターの仕事をしている真弓は昼間に顔を出すことが多い。

――田中さん、か。

原稿を届けるために電車で出版社に向かう途中、鼓膜《こまく》に貼りついた義母の声がよみがえった。

義母は、一人息子の結婚後、妻となった真弓のことを決して名前で呼ぼうとはしない。「田中さん」と、その姓で呼ぶのである。一度だけ、「真弓さん」と呼んだことがあったが、口に出した直後、〈うっかり間違えた〉というようなきまり悪そうな表情になったので、真弓は聞こえなかったふりをした。

入籍していないのだから、正確な意味での「結婚」はしていないということ。そう見なして、「田中真弓」の田中姓で呼ぶのだろうか、と勘ぐったこともあったが、信矢によれば「違う。おふくろなりの考えがあるのだ」と言う。

「わたしがあなたの姓を選ばなかったから、気分を害して、ああいう形の呼び方で抵抗しているのかしら」

そう聞いたときも、

「おふくろは、そんな意地悪をするような女じゃない。おふくろなりの信念があるんだよ」

という答えが返ってきた。

婚姻届は出さずに、事実婚の形をとり、夫婦別姓を続けている真弓と信矢である。自分たちは「そうする正当な理由がある」と思っていても、周囲の理解を得るのはなかなかむずかしい。

――翔麻もあんな作文を書いていたし……。

真弓は、小学四年生になる長男の翔麻が国語の時間に書いたという作文を思い出した。祖母の血を引いて、読書が大好きな子である。本を読んで覚えた漢字もあり、まだ教わっていないはずの「誓う」という漢字を書いていたのに驚かされた。

婚姻時に九十六パーセントの女性が男性の姓を選ぶという日本において、真弓と信矢は夫婦別姓を続けているのである。

――子供たちが学校で奇異な目で見られないだろうか。

そう危惧していた真弓だったが、少なくとも長男の翔麻は、周囲の雑音をはねのけるだけの強さを持っているとわかった。

問題は、次男の耕太《こうた》のほうである。小学校に上がったばかりの耕太は早生まれで身体も小さい。気弱な性格でもあり、「おまえの家は普通と違う」「変わっている」「おかしい」と、まわりの友達から言われ続けたら、いまの生活に疑問を持つようになって、「ぼくもみんなと同じ普通の家族になりたい」と声を上げかねない。ましてや、耕太は父親の姓を名乗っている。PTA関係の会合に真弓が行き、姓の違いをクラスメイトたちが問題視するようになったら、という不安もある。

法律婚をしていない真弓たちの家庭では、父親の信矢が子供たちを認知する形をとっていて、親権はそれぞれ、翔麻は真弓に、耕太は信矢に与えられている。

いまのところ、校内ではとくに問題が起きたという話は担任から聞いていないが、自宅に遊びに来る翔麻や耕太の友達は、玄関に表札が二つ並んでいるのを不思議がる。

「いまならもう、わたしのほうが改姓してもいいけれど」

と、義母が倒れた直後、信矢に申し入れたこともあったが、

「いや、だめだ。ここまできたら、自分たちの信念を貫き通そう。婚姻時に、女性が改姓するのが普通という社会の風潮こそがおかしい」

と、信矢が首を横に振った。

もともと信矢は、日本の夫婦同姓制度に反対で、選択的夫婦別姓制度をいち早く取り入れるべきだ、という考えの持ち主だった。

――別姓が認められない法律であれば、そんな不寛容な法律に自分たちの生活を合わせる必要はない。夫婦だと国に認めてもらえなくともいい。婚姻届を出さずに、事実婚のままでいこう。

お互いを人生のパートナーにしようと決めたとき、信矢は真弓にそう言った。

先日、夫婦同姓を定めた民法の規定が憲法に違反するかどうかが争われた裁判で、合憲とする最高裁の判断が下されたときも、「ああ、やっぱり、世の中は遅れている。選択の自由も認めない社会なんて」と、信矢はがっかりしていた。

真弓のほうは、夫婦別姓にそれほど強いこだわりを持っていたわけではなかった。自分の母親がそうだったのだから、将来、結婚するときには夫の姓に合わせるもの、と思っていた。「田中真弓」の「田中」を、好きなアイドルタレントの名字と入れ換えて、ひそかにほくそ笑んだりしたものだ。

ところが、いざ、「一緒になろう」と信矢に迫られたときになって、真弓の中に迷いが生じた。「田中真弓」のままでいたい、と思った。

その一瞬の迷いを悟ったのか、信矢は、「無理してぼくの姓にする必要はないよ」と言った。それどころか、「いっそのこと、ぼくが君の姓にしようか」とまで譲歩してくれたのだ。

「あなたが『田中信矢』でいいのなら」

信矢の柔軟性ややさしさに惹かれ、真弓もその気になったのだが、それを阻止したのが義母だった。

――一人息子の信矢に、愛着のある姓を捨てさせたくない。

義母の強い思いもわかったので、ふたたび真弓は改姓を考えた。

しかし、それに強固に反対したのが信矢だった。

「少しでも違和感があるのだったら、改姓する必要はない。君は『田中真弓』のままでいるべきだ。ぼくも本来の持論に基づいた生き方をしようと思う。それが世の中を変えていくことにつながるだろうから」

と、信矢は、新聞社に勤めながら、選択的夫婦別姓制度を推し進める運動に参加することにしたのだった。

出版社のある地下鉄の駅で降りると、真弓は喫茶店に入った。コーヒーを飲みながら、渡す前の原稿をチェックする。

大小いくつもの出版社が集まり、古書店が建ち並ぶ界隈のせいか、店内は本や雑誌をテーブルに置いて打ち合わせをしたり、本を片手に待ち合わせをしたりしている人の姿でいっぱいだ。

真弓は、いまこの場所にいて、自分で書いた原稿に目を通しているのが信じられない思いでいた。信矢と一緒になる前は、ごく普通のOLで、進歩的な考えの持ち主でもなかったからだ。原稿を書くような仕事を与えられるようになろうとは、夢にも思わなかった。

「夫婦別姓の生活を実行している女性にインタビューしたい」

と、二年前に夫を通じて話があり、それに応じる下準備として、自分の手で簡単にまとめた原稿を渡したところ、

「あなたには文章力があるし、人の話を聞く力があるから、自分でも書いてみませんか?」

と、インタビューのあとに、先方の雑誌編集長に誘われたのだった。

いまは、婦人月刊誌で読者の体験談のページを担当している。夫のDVや嫁姑の確執、子供の不登校や引きこもりなどの家庭内の問題を主なテーマにし、編集部が独自のルートを用いて接触した女性に会って話を聞き、それを手記の形でまとめるのが真弓の仕事である。

今回、担当したのは、三十九歳の真弓より二十歳以上年上の六十一歳の女性——渕上仁美《ふちがみひとみ》だった。週刊誌に「姑を放置し、餓死させた冷徹な嫁」と書かれた女性である。その記事だけを目にして、いまだに誤報を信じている人もいるだろう。

――彼女の汚名を晴らす手助けをしなければ……。

真弓は、熱い使命感に駆られてこの手記をまとめたのだった。

3

自分が両親の実の子ではなく、養子であると知ったのは、高校生のときでした。

それまでも、親戚が集まった席で、何となくわたしに向けられる視線がおかしいな、と感じたことはあったのですが、ある日、父方の遠縁にあたるおばさんがわたしをしげしげと見て、「やっぱり、あんた、お母さんの面影があるねえ」と言ったのです。それまで、父親似と言われたことはあったけれど、母親に似ていると言われたことは皆無だったし、面影という言葉に違和感を覚えたので、「どういう意味ですか？」と聞き返しました。そしたら、「あら、ごめんなさい。もう十七だし、とっくに本当のことを聞かされていると思ったから」と……。

改めて両親に問うたら、真実を教えてくれました。わたしは、二歳のときに、父方の遠縁から養子にもらわれてきた子だったのです。実の母は未婚のまま十代でわたしを身ごもり、世間体もあって生まれて名づけられてすぐに、遠縁の養父母が引き取ったという話でした。

当然、生みの親のことは気になります。しかし、教えてもらえたのは、母親の名前だけでした。いまは、家庭を持って幸せに暮らしているといいます。平穏な家庭を壊すつもりはありません。あちらからわたしに会いに来てくれないのなら、自分からは探さないでおこう。そう決めました。

けれども、実の母の姓は気になりました。結婚して現在は姓が変わっているにせよ、旧姓は「香川《かがわ》」で、その姓に合うようにわたしの名前をつけてくれたのだと思いました。

実の母に育てられていたら、わたしは「香川仁美」という名前だったのです。何だかいまの「渕上仁美」よりずっとすわりがいいように感じられました。「香川仁美」だったら、もっと違う人生を送れたのではないか、と想像してしまいました。

自分が養子だとわかると、それまでの人生を振り返って、なるほどと思い当たることが多々ありました。わたしには弟が二人います。わたしがもらわれてきたとき、家にはすでに一歳になる弟がいました。その二年後に、また男の子が生まれました。

養父母は、わたしを養子にした理由を「女の子が一人はほしかったから」と言いましたが、たぶん、それは、将来、家に長く置いて手伝いをさせるためだったのでしょう。

なぜ、そう思うに至ったかというと、小さいころから同居していた祖父母にも厳しくしつけられて、家の手伝いをさせられていたからです。養父母の家は兼業農家だったから、果樹園や畑仕事などいつでも人手はたくさんいります。それでも、弟たちは学業優先で、わたしだけ学校の宿題よりもまず手伝いが先だったので、不公平だと感じてはいました。

——女の子だから仕方ないか。

そう思って諦めていたのですが、最初から働き手としてカウントされていたとわかれば合点がいきます。

十八になって将来の進路を決めるときに、養父母に失望しました。

「看護婦になりたい」

そう夢を語ったわたしに、

「女のおまえを専門学校に行かせる金はない。うちには男の子が二人もいる。二人を大学まで出すのに金がかかるから」

と、養父は冷たく言い放ち、隣で養母もうなずきました。

和歌山の片田舎にいて、いまのようにインターネットで簡単に情報収集もできない時代です。専門学校に行くとなれば、家を出ることになります。奨学金のことも調べてみましたが、家からの援助がなければ、自分一人で働きながら生活費を稼ぎ、学費も用立てるのは不可能です。

わたしは、泣く泣く看護師になる夢を断念し、養父母の知人の紹介で農業組合の事務の仕事に就きました。職場と家を自転車で往復し、家に帰れば、遅くまで果樹園や畑仕事に出ている養母にかわって食事のしたくなどの家事をする、そんな毎日でした。

男の人との出会いなどないものと思っていました。いつかまた、養父母の知人か親戚の紹介で誰かと見合いをさせられるのだろう、と。

ところが、奇跡的に主人と出会ったのです。

彼——仁村正彦《にむらまさひこ》さんは、東京から地方の農業組合に短期研修に来ていた人で、現在は市町村合併で違う市名になっている町役場に勤務する公務員でした。最初に見せられた名刺に「地域振興」とか「観光課」と書いてあったように記憶しています。

研修時にはふたことみこと話しただけですが、研修を終えて帰った正彦さんから組合のわたしあてに手紙がきたのがきっかけで、文通が始まりました。とても字のきれいな人で、こんなきれいな字を書く人に悪い人はいないと思いました。あとで聞いたら、正彦さんも〈こんなにていねいな字を書く人は性格も几帳面で穏やかに違いない〉と思ったそうです。

半年ほど手紙のやり取りをしたあと、いきなり正彦さんは和歌山にやって来て、わたしに結婚を申し込みました。びっくりしたのは養父母です。手紙は職場あてで、しかも業務用の封筒を使っていたので、職場の人たちもラブレターだとは気づかなかったのです。

「うちの仁美は、東京なんて遠くにはやれない。近くに住んでもらわないと困る」

当然のように、養父はわたしたちの結婚に反対しました。

「少なくとも、弟二人が自立するまでは家にいて、家のことをいろいろやってもらわないとね」

と、養母も渋い顔をして言います。

彼らにどんなに反対されようと、駆け落ちしてでも一緒になる覚悟を決めていました。

当時のわたしには、正彦さんが息の詰まる狭い社会から自分を救い出してくれる王子様のように見えていたのでしょう。養父母の態度が伝染したかのようにわたしを家政婦のように扱う弟たちのことも、好きではありませんでした。

とにかく、一刻も早く、家から逃げ出したかったのです。それには、結婚という手段が一番手っ取り早いと思っていたところ、幸運にも自分を奪ってくれる人が現れたのですから。

──結婚に際して何の援助も持参金もいりません。将来発生するかもしれない相続もすべて放棄します。

わたしは、養父母にそう言い放って、半ば駆け落ちのような形で彼のところへ旅立ちました。

二十一歳の春でした。

4

正彦さんのことは大好きでしたし、一時でも離れたくなかったので、婚姻届を出すときは天にも昇るような心地でした。でも、ほんの少し気になったのは、正彦さんの姓が「仁村」なので、わたしの名前とくっつけると「仁村仁美」になって、名字と名前に同じ漢字が入ってしまい、何とも間の抜けた感じになることでした。

「何かおかしいよね」

「でも、まあ、読み方が違うからいいか」

婚姻届を見ながら、わたしたちは顔を見合わせました。

世の中には、結婚によって、ぎくしゃくする組み合わせの姓名の女性がたくさんいるのだろう、とそのとき感じた憶えがあります。水田さんと真里さんが合体して「みずたまり」さんとか、原さんと真紀さんが合体して「はらまき」さんとか。ふと、どうして、結婚するときは女性が男性の姓に変えるのだろう、と思いましたが、そうした疑問がわたしの頭をよぎったのもほんの一瞬のことだったのでしょう。結婚すれば、女性のそれまでの姓が「旧姓」になるのは当然、と思っていましたから。

結婚して住んだのは、正彦さんの実家でした。そこは、東京といっても二十三区外の田園風景の広がる丘陵地帯を切り開いてできた街で、まわりの光景はある意味、わたしが住んでいた和歌山よりもずっと田舎でした。わたしが思い描いていた東京のイメージは、もっと華やかな街だったので驚きました。それでも、東京は東京です。少し歩けばバス停があり、バスに乗れば駅に着いて、電車に乗れば都心に出ることができます。

「慣れないことばかりで戸惑うかもしれないけど、心配しないで。俺がついているから、大丈夫だよ」

夫の正彦さん以外に頼れる人のいない地に嫁いでしまったのです。

彼の祖父母と両親、まだ結婚しない姉がいる家庭に入るのに不安がなかったと言えばうそになりますが、愛する正彦さんがそばにいてさえくれれば大丈夫、何とかやっていける、とわたしは信じていました。

祖父母は七十代で、自宅の裏の畑に出る体力があり、結婚当時はまだ元気でした。義父は地元の建設会社に勤めていて、義母は町内のクリーニング店でパート勤めをしていました。

その家庭にわたしは専業主婦として入ったわけですが、何とも謎めいていたのが義姉の存在でした。毎朝、きれいな服を着て自分のものらしい軽自動車で出かけて行くのですが、どこでどんな仕事をしているのか、聞いても家族の誰も教えてくれないのです。夜、寝室で正彦さんに聞いても、「姉貴のことは、しばらく放っておいてやってくれないか」と言うばかりです。

誰もが腫れ物に触るように義姉に接していました。毎朝、車で出勤し、判で押したように同じ時刻に帰宅するのですが、家には一円も入れてくれないのです。家族の食事を任されているわたしとしては、それでは困ります。正彦さんを通じて義姉に食費を入れてくれるように頼んでもらおうとしたとき、ようやく義姉が封印したがっていた過去が判明しました。

義姉は、過去に一度結婚詐欺に遭っていたのです。騙されてかなりの額を男に貢いだそうですが、信じていた男に裏切られたことで心を病み、自殺を図ったのだそうです。未遂に終わったものの、心に負った傷は簡単には治らないのでしょう。毎日通っているのは、精神科のあるクリニックや行政機関が開いている相談室のよう

なところで、隣近所に、義姉がどこかに通勤していると思わせるのが目的だという
こともわかりました。そういう点は、体裁を気にする家族なのだな、と思いました
が、同じ女性として傷ついた義姉に同情は覚えました。だから、心の病気が治癒するまでは静観するつもりでした。

とはいえ、どうにも我慢がならないのは、義姉の部屋の乱雑さでした。きれいに装って外出するくせに、義姉は自分の部屋はどんなに散らかっていようと平気なのです。そして、「あなたは家にいるからそれが仕事でしょう?」と、居丈高にわたしに掃除を言いつけます。ストレスがたまるのでしょうか、義姉の部屋には夜中に食べたらしいお菓子の空き袋やカップ麵の容器などが転がっています。それだけならまだしも、脱ぎ捨てた靴下や汚れた下着類まであります。洗濯するためにそれらを拾い集めていると、虚しさと嫌悪感でいっぱいになります。

「いくらわたしが主婦だからって、こんなことまで……」

と、正彦さんに愚痴をこぼしたら、

「仁美に心を許している証拠じゃないか。他人には恥ずかしくて見せられないところを、家族だから安心して見せているんだよ」

と、正彦さんは苦笑しながら言いました。

そうか、と目から鱗《うろこ》が落ちました。わたしは家族の一員として受け入れられたのだ。そう思えば、義姉の態度にも寛大になれます。そして、やっぱり、この人と一緒になってよかった、とやさしい正彦さんに惚れ直しました。

「家族」という言葉から、理想とする家族を作るのだ、という思いも強くなっていきました。早く子供がほしい。生まれた子供は自分の手で育てたい。養子として育ったわたしは、家庭への渇望が強すぎたのかもしれません。

なかなか子供には恵まれず、妊娠の兆候があったのは結婚して四年目でした。義姉はまだ家にいましたが、相談室に通うことはもうやめていました。飽きっぽい性格なのか、紹介された仕事が長続きせず、職場を転々とし、ついには話があっても行動を起こそうとしなくなりました。家にいても家事を手伝うことは一切せず、ただぼんやりとしているだけなので、いるだけ邪魔で、わたしは内心では〈早くお嫁に行ってくれればいいのに〉と望んでいました。

相変わらず、家の中ではお客さま扱いされている義姉です。日中は、正彦さんも義父母も仕事に出かけてしまいます。祖父母は孫娘にあたる義姉を甘やかし放題です。

なるべく義姉の存在を気にしないように、買い物から洗濯、掃除、料理、と家事をこなしていましたが、義姉のほうは弟の嫁であるわたしのお腹がだんだんと膨らんでいくのが目障りだったのでしょうか。あるいは、同じ女としてあせりを感じたのでしょうか。わたしの存在がストレスになったらしい義姉は、当時、急速に社会に広まったカタログ通販で次々と品物を購入するようになったのです。本人に支払い能力はないものだから、当然、正彦さんが肩代わりすることになります。義姉の部屋には封を開けないままの箱がたまっていきます。明らかに購入するだけで満足しているのがわかります。

当時はそんな言葉は知らなかったのですが、いま思えば、あれは「買い物依存症」でした。購入品が高額になっていけば、家計にも響きます。

正彦さん以外は義姉に強く言えないので、正彦さんから注意してもらいましたが、それでまたわたしが恨まれたのでしょう。

数日後、デパートから家に届いた大きな荷物に仰天しました。背丈くらいある箱で、伝票を見てもカタカナで書かれているので、中身がよくわかりません。その日、義姉は外出していました。家にいた八十歳近い祖父母に頼むわけにはいかず、とりあえず、わたしは玄関をふさぐ形の箱を動かそうと試みました。ところが、想像以上に重量があり、少し持ち上げただけで腰を痛めてしまいました。

それが原因だったのかどうかはわかりません。その場で出血したわけでも、寝込んだわけでもなかったので。でも、その二か月後に流産に至ってしまったのは事実でした。

義姉がデパートで配達を頼んだのは、部屋の間仕切り用の籐製のスクリーンでした。どこでどう使おうとしていたのでしょうか。結局、それも義姉の部屋に畳まれた形で置かれたままでした。

「妊娠しても十パーセントは流産するそうよ。あなたもその十パーセントに入っただけのことでしょう？」

病院で手当てを受けて自宅に戻り、横になっていたわたしに義姉が言いました。

「何だよ、その言い方は」

その義姉に対して気色ばんで言い返したのが、正彦さんでした。

正彦さんが怒った顔を見たのは、それがはじめてでした。

「姉貴、仁美に謝ってくれよ」

　とまで正彦さんは言い迫ってくれます。

「いいのよ。やめて」

　正彦さんをなだめようとしたわたしに腹が立ったようで、

「出て行けばいいんでしょう？　ここはわたしの家だけど、いいわよ。出て行くわよ」

　と、義姉は弟ではなく、嫁に向かって怒気を含んだ声で言いました。

　そして、本当に、翌日、義姉は荷物をまとめて出て行きました。

5

　義姉が家を出て三か月後に、義母から「あの子は男の人と一緒に住んでいる」と報告がありました。義姉とは連絡を取り合っている様子なのは知っていました。そこそこ見栄えのいい義姉です。男の人がいても不思議ではありません。

「きちんと結婚するのなら、そうすればいいのに」

と、姉が出て行くきっかけを作った正彦さんはばつが悪そうに言いましたが、入籍したら連絡がくるだろうとわたしは思っていました。

義姉がいなくなって、家の中は平和に静かになりました。また子供に恵まれますように、とわたしは祈っていましたが、残念ながら兆しのないままに月日がたちました。

家庭の平和というのはなぜ長続きしないのでしょう。数年が過ぎたころ、ほぼ同時に祖父母に変化が表れました。まず祖母にいまで言う認知症の兆候が見られ、祖父の持病の糖尿病が悪化し、片足を切断することになりました。

手術を終えて退院した祖父は車椅子生活になったため、手がかかります。義母は、パート勤めを辞めて介護にあたる、と言いましたが、悪いことは重なるもので、義父が勤めていた建設会社が倒産してしまいました。新たな仕事が見つかるまで、少しでも収入のある仕事を手放すわけにはいきません。昼間はわたしが一人で二人の介護をする日もあり、くたくたに疲れて倒れこむこともありました。それでも、休みの日は、「おまえは少し休んでいなさい」と、正彦さんが気遣ってくれたりしたので、それだけで苦労も報われたのです。

永遠に続くかとも思われた介護の日々でしたが、結局、祖母に続いて祖父も九十代という高齢で看取ったときは、結婚から十五年が過ぎ、わたしは三十六歳になっていました。義父母はすでに年金生活に入っていました。

流産したあとはふたたび妊娠の兆しもなく、子宝には恵まれないのではないか、ともう諦めていました。正彦さんも「授からないのなら授からないでいいよ。おまえがいればそれでいい」と、やさしい言葉をかけてくれます。

自分が養子として育ったので、わたしの中に養子をもらうという選択肢はありませんでした。実家には寄りつきもしませんでしたが、家を出た義姉に子供が二人いることは知っていました。義母だけがたまに外で会っていることも。わたしは、正彦さんが「仁村家を絶やさないために、姉の子供をいずれ養子に」と言い出すのではないか、と恐れていました。

――いまは没落したが、昔はかなり土地を持っていて、由緒ある家柄だったんだ。

と、亡くなる前に祖父が話していたからです。

義姉が子供たちを連れて実家に戻って来たら、わたしの居場所がなくなる。そんな危機感を覚えていたのです。

――自分に自信をつけて、もっと強くならなくてはいけない。

主婦として生きるだけでなく、介護経験を生かしてもっと知識を身につけ、自立できるように力をつけなくては、と思いました。看護師になりたかった夢も思い出しました。いまから看護学校に通うのは無理だろうか。いや、遅くはない。しかし、なかなか正彦さんに切り出せずにいました。

あのとき、自分の思いを正直に正彦さんに伝えていたら、少しは気持ちが軽くなったのではないか、と正彦さんの死後に何度も考えました。

年が改まり、都心に珍しく雪が降った日の朝、正彦さんは、通勤途中に自家用車がスリップ事故を起こし、街灯に激突して亡くなってしまったのです。

享年四十。若すぎる死でした。

葬儀の準備、事故処理、生命保険の手続き、職場の引き継ぎやその他の残務整理、と諸々の事務的な手続きを終えたあとに、深い悲しみがわたしを襲ってきました。跡取り息子を失った義父母のやつれた姿が哀れで、胸が潰れる思いでした。

四十九日が過ぎて、葬儀にも現れなかった義姉が、突然一人でやって来ました。仏壇の正彦さんの遺影に手を合わせ、「わたしを追い出した罰が当たったのよ」

とつぶやいたので、何てことを言うのだろう、とわたしは怒りでいっぱいになりました。でも、どう言い返していいかわからず、ただ顔をこわばらせていると、義姉が次に口にした言葉は、「正彦の生命保険、あなたに下りたんでしょう?」でした。

——この人は、弟の死を嘆き悲しんではいない。この人が必要なのはお金だけなんだ。

そう思って情けなくなったわたしは、「正彦さんが遺してくれたお金は、この家のために使います」と言ってやりました。看護学校に通うために使いたい気持ちもあったのですが、現実に、住んでいた家が古くなり、あちこち修繕が必要な状態になっていたからです。

「そう」

そのときは言葉数を少なくして、帰って行った義姉でした。

次に義姉が実家に現れたのは、それから三年後。仁村家が離れた場所に飛び地のようにして所有していた土地が高い値で売れた直後でした。どこかでそのうわさを聞きつけたのでしょうか。そこは、東京都が新しい道路を作るための計画場所に当たっていたのです。

「いくらだったの？」

義姉は、わたしではなく義母を問い詰めました。その前の年に軽い脳梗塞で倒れ、義父は話す言葉がやや不明瞭になっていました。

義母が書類などを見せると、義姉はわたしに顔を振り向けて言いました。

「仁美さん、あなたは仁村家とは関係ないから。正彦は亡くなっているんだし、仁村家の相続にはあなたはもう関係ない人なのよ」

そのとおりかもしれません。だけど、わたしはこの家で長年暮らしているのです。夫と義姉の祖父母を介護して看取り、現在も義父のリハビリに付き添ったり、家事を一手に担ったりしているのはこのわたしです。「関係ない」とはあまりにも冷たい言葉ではないですか。

「お父さんにもお母さんにもそのあたり、心得ていてもらわないと」

義姉がそう言い捨てて去って行ったので、わたしは不安になりました。配偶者を失ったいま、子供のいないわたしの立場が危ういのは知っています。それでも、この家への貢献度を配慮して、遺産に関しては義父母が遺言なりで便宜を図ってくれるのでは、と考えていたのです。でも、義姉は実の娘です。娘の言い分に耳を貸すかもしれません。

——そうか。やっぱり、この家に見捨てられても、生きていけるだけの力をつけるべきね。

自分の中でそういう結論を導き出したときに、不幸続きだったわたしへの神様の思し召しというのか、偶然、あの新聞記事を目にしました。

読者の投稿欄に、「香川仁美」という名前で投稿しているわたしと同世代の看護師の女性を見つけたのです。看護師という仕事柄、病院で出会う患者さんたちとの触れ合いの場面を短い文章にまとめ、感謝の言葉の持つ温かさに気づいた、という内容の投書でした。

香川仁美。それは、実の母のもとで育ったとしたら、最初にわたしに与えられていたはずの氏名でした。養子にもらわれて渕上仁美となり、結婚して仁村仁美となったわたし。何だか姓に振り回されている人生のような気がしました。

「仁村家とは関係ない」と、義姉に面と向かって言われてしまったのです。そうか、正彦さんが亡くなって、仁村家とは関係がなくなったのであれば、もうわたしは「仁村仁美」ではないのか。でも、まだここに住んでいるし、戸籍上は仁村仁美のままでいる。何よりも、血のつながりはないとはいえ、心情的には長年一緒に暮らしている義父母と深い結びつきが生じている。

——一体、女にとって、家って、姓って、何だろう。

そう疑問に感じた瞬間に、ふと、この香川仁美さんに手紙を書いてみよう、と思い立ったのです。

思ったままを手紙に綴って、新聞の読者投稿欄あてに送りました。返事がくるのは期待していませんでした。頭の中で文章を組み立てるだけで、心の整理がつき、次のステップを踏み出す決意ができたからです。

いまからでも遅くはない。福祉にかかわる仕事をしよう。まず介護関係の資格を取ろう。自宅でできる勉強もあります。通信教育での勉強をスタートさせた直後、また嵐のごとくに義姉が実家に現れました。

6

「熟年離婚したのよ」

ありませんか。

義姉の言葉に唖然としました。二人の息子は、夫のもとに置いて来たというでは

「もう高校生になっているからいいのよ」

と、こちらが子供の心配をしても意に介しません。

「それより、仁美さん、わたしはこれからここに住むからね」

義姉は、わたしに向かって声高々と宣言しました。

昔から気の強い娘には太刀打ちできないのでしょう。ましてや、年も重ねて体力も気力も衰えています。義母はおろおろするだけで、言葉のはっきりしない義父は、娘に向けて何か発するものの、「お父さん、意味不明」とぴしゃりと言われて、うなだれてしまいます。

「仁美さんは、いままでどおり、家事一切をやってちょうだいね。それから、お母さんはお父さんの介護をして。わたしは仁村家の財政に目を光らせるから」

つまり、この家を自分が取り仕切るという意味でしょう。虫のよすぎる義姉です。でも、そういう態度をとるのも当然です。わたしは、部外者なのですから。仁村家に関しては、わたしには何の権限もないのです。

大きく息を吸うと、わたしは胸の中にたまっていた鬱憤とともに息を吐き出しました。そして、こう言葉を紡ぎました。

「わかりました、お義姉《ねえ》さん。おっしゃるとおり、わたしは、もう仁村家とは関係ありません。この家を出て行きます。だから、もちろん、家事一切もできません。お義父さん、お義母さんには申し訳ないですが、実の娘のお義姉さんに面倒を見てもらってください」

「出て行くってどういうことなの？　あなた、行くところはあるの？　和歌山の実家とは縁を切ったようなものだし、とっくに弟さんの代になっているでしょう？」

「実家には戻りません」

「じゃあ、どこへ？」

「どこへ行こうと関係ないじゃないですか。わたしはもうこの家の人間ではないのですから」

「この家の人間じゃないって……」

義姉は、わたしに強気に出られて困惑したのでしょう。

「わたしは、明日、役所に行って姻族関係終了届を出そうと思います。それで、わたしとこの仁村家との姻族関係は法律上、終わることになります。配偶者の父母、つまりお義父《とう》さん、お義母さんの扶養義務もなくなります。では、そういうことで。いままでお世話になりました」

言い終えると、えも言われぬ爽快感に包まれました。

7

亡くなった夫以外に頼れる人ができたのです。それが、看護師の香川仁美さんでした。

――姻族関係終了届。

香川仁美さんが教えてくれた法的な書類です。

離婚した義姉が現れる少し前に、香川仁美さんから返事が届いていました。義姉に冷たい言葉を浴びせられ、今後の自分の生き方について悩んでいる、と書いたところ、「あなたはあなたの人生を生きるべきです」という励ましの言葉に続いて、結婚の本来の意味や、嫁ぎ先との縁の切り方などが書き綴られていました。それを読んではじめて、恥ずかしながら、わたしは自分がいかに法律に関して無知だったか自覚しました。

結婚すれば、配偶者の親族とは姻族関係になる、と民法で規定されているそうです。そこまでは何となくわかっていたつもりでしたが、民法では離婚によってその姻族関係は終了する、とあります。それも何となく理解できます。でも、配偶者が死亡した場合において、生存配偶者が姻族関係を終了させる意思を表示したときも姻族関係は終了する、というその項目はまるで知らなかったのです。

そうか、自分の意思でこの関係を断ち切ることができるのか。少なくとも、それで、あの義姉から逃れることができるのか。目の前の霧が晴れたような感じでした。婚姻関係終了届とともに復氏届を提出すれば、わたしは仁村家から離れて旧姓の「渕上」に戻れるのです。

――わたしたちが同じ「仁美」という名前なのも何かのご縁です。あなたが自立をめざしているのであれば、できるかぎりお力になりたいと思っています。

手紙はそう続いていて、わたしは心強い味方ができたことを喜びました。

香川仁美さんに保証人になってもらって、都内にアパートを借りました。長いあいだ家計のやりくりをしてきたのですから、アパートを借りるくらいの貯金は持って家を出ました。丈夫なだけがとりえのわたしです。昼間は清掃員、夜は飲食店の厨房スタッフ、と仕事をかけもちして、働きながら介護ヘルパーの勉強を続けました。

介護ヘルパーの資格を取った時点で、香川仁美さんが紹介してくれた老人福祉施設に職を得て、その後、実務経験を積んだのちに介護福祉士の資格を取得し、いまに至っています。きつい仕事ですが、感謝されることも多いので、とてもやりがいがあります。

仁村家を出てから、義父母のことがすっかり頭を離れたわけではありません。長年、生活をともにしてきた二人ですから、情は移ります。愛する夫の正彦さんをこの世に送り出してくれた二人でもあるのです。勤務する施設で義母と同世代の女性の食事の世話をするときなど、〈ああ、お義母さんもこの茄子の煮浸《にびた》し、好きだったなあ〉と思い出しますし、杖をつく老人の後ろ姿を見ると、〈この歩き方はお義父さんにそっくり。元気にしているかしら〉などと思ったりします。

姻族関係終了届と復氏届を提出したとはいえ、正彦さんとの縁は切れてはいません。遺族年金などは配偶者であるわたしに受給の権利があるため、何らかの通知がいく可能性も考えて、新しい住所を仁村家に知らせてありました。だから、万が一、わたしが家を出てからの仁村家に何か異変が起きたら、こちらに連絡があるものと思っていたのです。

ところが、何も連絡がないままに時が過ぎたので、わたしのほうが心配になり、家を出て七年目にこちらから思いきって電話をしてみました。

電話に出たのは義母でしたが、その電話ではじめて義父が亡くなっていたことを知ったのです。

――どうして教えてくれなかったのですか？

という言葉が出かかったのですが、わたしはもう仁村家とは関係のない他人です。お悔やみの言葉だけ告げて、電話を切ろうとしましたが、義姉のことが気になって、

「お義姉さんはどうしていますか？」と聞きました。

「ああ、ええ、元気にしていますよ」

と答えた義母の弱々しい口調を、そのときもっと気にしていればよかったのです

が……。

それから、仁村家の様子を探るために、一年に一度は電話をかけることにしました。正彦さんの誕生日の十月六日であれば、電話をかける正当な理由が作れると思いました。

わたしが家を出てから八年後、九年後、十年後……。そのつど、電話に出るのは義母でした。「お義姉さんは？」と聞いても、「いま出かけている」とか「仕事に出ている」とか、「手を離せないから」と言って、そそくさと切られてしまいます。

わたしにも仁村家と縁を切ってからのわたしの生活があります。結婚こそ考えはしませんでしたが、親しい関係の男性もできました。そんなにしょっちゅう離縁した仁村家のことを考えているわけにはいきません。

そして、今年、十月六日に何度か電話をかけたところ、受話器が上がりませんでした。留守の可能性もあるので、翌日にもかけてみましたが、やはり誰も出ません。その翌日も、さらにその翌日も、呼び出し音が鳴るだけです。

心配になったわたしは、仕事がお休みの日に、仁村家に行ってみました。

懐かしいかつての嫁ぎ先を思い描いていたわたしは、荒れた庭を見て驚きました。

雑草は伸び放題で、空き缶まで転がっています。何年も手入れをされた気配のない庭です。人が住んでいるとは思えない家ですが、見憶えのある「仁村」という表札は昔のままにかかっています。

玄関のブザーを押しましたが、応答はありません。ほこりくささと一緒に、中から腐敗臭のようなものが漂ってきます。玄関には鍵がかかっていました。胸騒ぎを覚えたわたしは縁側に回り、居間の廊下側の掃き出し窓を叩きました。やはり、応答はありません。居間の障子戸がわずかに開いていて、その隙間から人間の髪の毛のようなものが見えました。

――まさか、そんな……。

最悪の事態を想像したわたしは、庭に落ちていた石でガラス窓を破って侵入しました。

そして、見つけたのが義母の変わり果てた姿だったのです。法医学も独自に学んだので、わたしには遺体の知識も少しはありました。

死後、数日たっているのは明らかでした。

8

義母が入居していた老人介護施設の部屋の整理を終えて、真弓は夫の信矢とともに帰宅した。

テーブルに義母が読んでいた新聞が載っているのを見て、真弓の目頭は熱くなった。ついこのあいだまで、夫と交替で義母に新聞を届けていたのである。

渕上仁美の手記が掲載された婦人雑誌が発売された二か月後、義母が外出先で倒れたという連絡が施設からあった。施設では毎月、入居者たちをマイクロバスに乗せて近くの商業複合施設に連れて行っていたのだが、そこで買い物を楽しんでいた義母が胸を押さえて倒れ、病院に運ばれたという。喘息の発作はそのときはおさまったが、体力が弱って抵抗力が低下していたのだろう、入院先で一週間後に間質性肺炎のために亡くなった。

「あっけなかったわね」

新聞から信矢に視線を移して、真弓は言った。頭はしっかりしていたのだから、もっともっと長生きしてほしかった。

「天国の親父も一人で寂しかったんだろう。そろそろこっちに来てくれ、っておふくろを呼び寄せたんだよ」

しかし、信矢は明るい声でそう受けると、「もういいかな」と続けて、ため息をついた。

「もういいかな、って？」

「おふくろもあの世に旅立ったんだ。もう息子の俺が『田中信矢』になってもいいだろう」

「あら、信矢さん、夫婦別姓にこだわり続けるんじゃなかったの？」

夫婦同姓を定めた民法の規定は合憲とした最高裁の判決に憤りを表明し、信念を貫き通すと言っていた信矢である。

「ああ。婚姻時に、女性が夫の姓に合わせる社会の風潮はおかしい、とは言ったよ。だから、男の俺が君の田中姓に変える」

「無理しなくていいわよ。いまならお義母さんの気持ちも理解できる気がするわ。お義母さんは、死んだ夫が一人息子につけた名前を生涯を通して守り通したかったのよ」

「それなら、君の両親だってそうだよ。姓とのバランスを考えて『田中真弓』という整った氏名にしたんだから」

「そうだけど……」

夫婦別姓の生活を続けてきた二人であるが、社会的信用を得にくい、周囲の理解を得るのが大変で説明が面倒、などのほか、税金の配偶者控除が受けられないとか、住宅購入の際の審査や相続権の面でのデメリットもあった。

——もうこれ以上、夫婦別姓にこだわる必要はないのでは……。

真弓自身は、そう思っているのである。

渕上仁美が語って、真弓が文章にまとめた、渕上仁美の手記の一節が想起された。

——姓に振り回されている人生。

それは、渕上仁美の生の言葉だった。夫の姓にすることで、夫の家に縛られるように感じる女性は多いだろう。姓というものが家意識と深く結びついているせいかもしれない。

渕上仁美は、姻族関係終了届を出し、復氏届も出して、新たな生活を送っていた。

ところが、「仁村家とは縁を切ります」と、隣近所に挨拶して家を出て来たわけではなかった。したがって、周囲は、「弟の嫁は、実家とうちを行き来しています」という仁村家の長女——死んだ仁村正彦の姉の言葉を信じていたのだった。しばらくお嫁さんの姿が見えなくとも、〈ああ、また実家に帰っているのだろう〉と思っていたという。

仁村家の長女は、父親が病気で死んだあとも、実家で母親に一人暮らしをさせていた。月に一度様子を見に行くだけで、自分は別れた夫のもとへ顔を出したり、離婚後に関係の生じた男性のもとへ行ったり、と奔放な生活を送っていたらしい。母親の足腰が弱り、認知症の症状も出始めたのを知りながら、自宅に放置して、たまに食料を運ぶだけだったというから、扶養義務を怠ったということになるのだろう。母親の死因は、熱中症と栄養失調によるものだった。亡くなったと思われる日の前後は、十月なのに真夏日が続いていて、部屋のエアコンは入っていなかった。

あの日、たまたま仁村家を訪れて、死んだ夫の母親の遺体を発見した渕上仁美は、すぐに警察に通報した。駆けつけた警察官に続柄を聞かれて、「亡くなった息子の元妻で、とうにこの家とは関係を絶っています」と伝えはしたが、取り込み中だったこともあり、近所の人と言葉を交わす暇はなかった。遺体発見の場に居合わせなかった渕上仁美の元義姉は、「うちの嫁はひどい嫁なの。弟が死んだあとは、うちの父や母の面倒なんか一切見ないで、土地を売って入ったお金で遊び歩いてばかり。今回も、母をほったらかして、外を泊まり歩いているうちに、こんなことに」と、のちに隣近所に吹聴し、狡猾《こうかつ》に嘆き悲しんでみせた。その言葉を鵜呑みにした某週刊誌の記者が、裏もとらずに面白おかしく記事を書いたのだった。

「渕上仁美さん、幸せになるといいね」

妻の考えごとを察した様子の信矢が言い、真弓は現実に引き戻された。雑誌が発売になった直後、渕上仁美からは「ありがとうございました」と電話があった。

「やっぱり、わたしがあなたの姓に改姓するわ」

と、迷いが吹っきれた真弓は言った。

「えっ？」

と、信矢が眉根を寄せて、不審そうな表情になる。

「だって、あなたこそ、非常にバランスがとれた姓名じゃないのよ。真実に向かって自分を信じて弓矢を放て、ですもの。そういう意味をこめて、あなたのお父さんがつけてくれた大切な名前でしょう？」

だから、義母もその氏名に誇りを持って、夫の死後も息子に姓を捨てさせまいとしたのだろう。

「わたしのことならいいのよ。いまのわたしは、普通のＯＬじゃなくて、署名記事を書く雑誌のライターだもの」

真弓は、二人の出会いを思い起こしながら言った。

信矢との出会いは、病院の待合室だった。「真弓さん」と看護師に呼ばれて、「はい」と同時に返事をして席を立った男女がいた。それが、真弓と信矢だった。

――下の名前で呼ばれるなんておかしいな。

真弓はちょっと不思議な気がしたが、「あなたも真弓さんですか？」と信矢に話しかけられたのがきっかけで、二人の交際が始まった。

「『真弓真弓』ってペンネームなら、たくさん仕事がきて、売れっ子ライターになるかもしれないでしょう？　もう恥ずかしくなんかないわ」

妻がそう言葉を続けると、あっけにとられたような表情の夫――真弓信矢は、なるほど、と言って笑った。

［初出］

「夢の中」「元凶」「ベターハーフ」「セカンドパートナー」「紙上の真実」は書き下ろし。「寿命」のみ、「月刊ジェイ・ノベル」二〇一五年一一月号に掲載した「夫以外」を改題の上、収録。

実業之日本社文庫　好評既刊

五十嵐貴久
ウエディング・ベル
38歳のわたしと24歳の彼。年齢差14歳を乗り越えて結婚を決意したものの周囲は？　祝福の日はいつ？　結婚感度UPのストーリー。（解説・林 毅）
い32

乾 ルカ
あの日にかえりたい
地震の翌日、海辺の町に立っていた僕がいちばんしたかったことは……時空を超えた小さな奇跡と一滴の希望を描く、感動の直木賞候補作。（解説・瀧井朝世）
い61

岩井三四二
霧の城
一通の恋文が戦の始まりだった……。武田の猛将と織田家の姫の間で実際に起きた、戦国史上最も悲しき愛の戦を描く歴史時代長編！（解説・縄田一男）
い91

小手鞠るい
ありえない恋
親友の父親、亡き恋人、まだ見ぬ恋愛小説家、友達の弟……ありえない相手に恋する男女が織りなす、6つの奇跡の恋物語。文庫特別編つき。
こ41

坂井希久子
秘めやかな蜜の味
地方の小都市で暮らす四十男の前に次々と現れる魅惑的な女たち。誘われるまま男は身体を重ね……。実力派新人による幻想性愛小説。（解説・篠田節子）
さ21

坂井希久子
恋するあずさ号
特急列車に運ばれて、信州・高遠へ。仕事も恋も中途半端な女性が、新しい自分に気づいていく姿を瑞々しく描く青春・恋愛小説。（解説・藤田香織）
さ22

実業之日本社文庫　好評既刊

西澤保彦
腕貫探偵、残業中
窓口で市民の悩みや事件を鮮やかに解明する謎の公務員は、オフタイムも事件に見舞われて……。大好評〈腕貫探偵〉シリーズ第2弾！（解説・関口苑生）
に22

西澤保彦
小説家　森奈津子の華麗なる事件簿
〝不思議〟に満ちた数々の事件を、美人作家が優雅に解く！　読めば誰もが過激でエレガントな彼女に夢中になる、笑撃の傑作ミステリー。
に26

西澤保彦
小説家　森奈津子の妖艶なる事件簿　両性具有迷宮
宇宙人の手により男性器を生やされた美人作家・奈津子。さらに周囲で女子大生連続殺人事件が起きて……。衝撃の長編ミステリ！（解説・森 奈津子）
に27

西川美和
映画にまつわるXについて
『ゆれる』『夢売るふたり』の気鋭監督が、映画制作秘話や、影響を受けた作品、出会った人のことなど鋭い観察眼で描く。初エッセイ集。（解説・寄藤文平）
に41

貫井徳郎
微笑む人
エリート銀行員が妻子を殺害。事件の真実を小説家が追うが……。理解できない犯罪の怖さを描く、ミステリーの常識を超えた衝撃作。（解説・末國善己）
ぬ11

春口裕子
隣に棲む女
私の胸にはじめて芽生えた「殺意」という感情——生きることに不器用な女の心に潜む悪を巧みに描く、戦慄のサスペンス集。（解説・藤田香織）
は11

実業之日本社文庫　好評既刊

平谷美樹
蘭学探偵 岩永淳庵　海坊主と河童
江戸の科学探偵がニッポンの謎と難事件を解く！　歴史時代作家クラブ賞受賞の気鋭が放つ渾身の時代ミステリー。いきなり文庫！（解説・菊池仁）
ひ51

平谷美樹
蘭学探偵 岩永淳庵　幽霊と若侍
墓参りに訪れた女が見た父親の幽霊は果たして本物か⁉　若き蘭学者が江戸の不思議現象を科学の力でご明察。痛快時代ミステリー
ひ52

福田和代
走れ病院
地域医療危機×青春お仕事小説。元サラリーマンで医師免許を持たない主人公は、父の遺した市で唯一の大型病院を倒産から救えるか⁉（解説・村田幸生）
ふ41

誉田哲也
主よ、永遠の休息を
静かな狂気に呑みこまれていく若き事件記者の彷徨。驚愕の結末。快進撃中の人気作家が描く哀切のクライム・エンターテインメント！（解説・大矢博子）
ほ11

木宮条太郎
水族館ガール
かわいい！だけじゃ働けない——新米イルカ飼育員の成長と淡い恋模様をコミカルに描くお仕事青春小説。水族館の舞台裏がわかる！（解説・大矢博子）
も41

宮下奈都
よろこびの歌
受験に失敗し挫折感を抱えた主人公が、合唱コンクールをきっかけに同級生たちと心を通わせ、成長する姿を美しく紡ぎ出した傑作。（解説・大島真寿美）
み21

文日実
庫本業　に51
　社之

夫以外《おっといがい》

2016年4月15日　初版第1刷発行
2020年6月1日　初版第6刷発行

著　者　新津《にいつ》きよみ

発行者　岩野裕一
発行所　株式会社実業之日本社
〒107-0062　東京都港区南青山5-4-30
CoSTUME NATIONAL Aoyama Complex 2F
電話［編集］03(6809)0473［販売］03(6809)0495
ホームページ　http://www.j-n.co.jp/
DTP　株式会社ラッシュ
印刷所　大日本印刷株式会社
製本所　大日本印刷株式会社

フォーマットデザイン　鈴木正道(Suzuki Design)

ISBN978-4-408-55289-7（第二文芸）